U0098135

Gaea

Gaea

陰
陰陽なる途
陽
路
林綠——著
08
〔完〕

陰陽路

陰陽なる途

目錄

楔子

搬到新家以後，臥房和舒適的設計大床，接連名存實亡。

之前阿夕夜不歸宿，我和小七在客廳打地鋪打到自成草窩，可能因爲還留有過去野外求生的習性，兩隻老小兔子睡得很好。他半夜可以偷偷拉著媽媽的袖口在臉上磨蹭，我則是等他睡熟後啾啾兔兔肉頰。

而習慣就像傳染病一樣，某早醒來，自小人工飼育的熊，正恬然地窩在兔子哥哥懷裡，兩個小的再過去則是大兒子的背影，一家人就這樣怡然自得地睡地鋪。

我炯炯盯著已跟我冰塊抗戰七天的阿夕背影。眞沒辦法，也是時候賜給他小動物稱號了。到底要叫狼豺虎豹哪一個？他堂堂大魔王，總不能當草食動物。

「大姊，不要一早就淨想著廢話，無聊念頭都傳過來了。」小七微聲抱怨，要醒但是沒醒。「大哥，早。」

小七轉身帶著熊撞上阿夕，阿夕略略回眸，沒想到弟弟就貼著他繼續睡，自然而然，完全可以讓他拿去下鍋燉肉。

「夕夕，媽媽餓了。」我看著被日光打亮的天花板，腦中都是美味的鮮肉湯。

阿夕也躺向正面，凝視著屋內發散的晨光，隨著光影變化，有一下沒一下地順著小七的軟頭毛。

寒冬來臨前，我們就這樣度過美好的早晨。

安魂曲

我得到一張前往天堂的票券。

貴賓票設計成羽毛的造型，親筆塡上我的名字，席次燙了金，由他最倚重的親信裝在紅色信封轉交給我。小草看來還有些虛弱，但已經能由衷泛起笑容，紳士地對我欠了欠身，竭力邀請我出席。

隨著日期將至，我愈發待不住，辦公桌坐一坐，就想跳起來波浪舞兩下，老王怎麼喝斥都沒用。

「胖子，你要去嗎？」我討好地湊到王祕書背後，給他搥打生肉，放鬆筋骨好燉湯。

「不要。」他回絕得好快，或許我該慶幸他沒興趣看帥哥。「林之萍，妳很期待？」

「嗯嗯，阿夕要唱歌給我聽喔！」我靠在老王肩上，沾沾自喜。

胖子王檢查我的右手無名指，確認眞有戒指在上頭，我也不會下一秒吐舌頭跟他說「騙你的啦」，實實在在是他的女人。

可人的兔子老母已經到手，山豬卻還是整日惴惴不安，原因就在於他早做好準備等阿夕來尋仇，可是阿夕遲遲沒有動手。

「還是說，你一直以來喜歡的是小夕夕，對吧……唔啊！」我終於被揍了。

「眞不知道妳腦袋裡裝些什麼！」老王完全不想跟我商量與我切身相關的煩惱。

「裝得都是你呀，志偉。」我承認近日有些得意忘形，因爲太幸福了。

他說，要照顧我的下半生和我最寶貝的孩子們。我當時只是一股勁地傻笑，回家卻捧著戒指哭了整晚，鬧得我家寶貝都知道老母被訂走了，想瞞都瞞不住。

我覺得可能是十幾年來情緒爆發，嚇到一干兒子，小七直接用手給我擦淚的同時，阿夕總不能叫我把婚戒扔掉。

他至今一個多禮拜都沒說什麼，而這就是他氣到說不出話的表現，認為我終究背叛了他。

沒什麼好辯解的，老娘就是另結新歡，喜歡山豬爸爸，可是我還是忍不住跟他說：「媽媽對你的愛不會變，你不要害怕，絕不會丟下你。」

林今夕是林之萍的大寶貝，從小就把他捧在手心上，深怕冷風寒雨來傷著他，看他長成這麼好的一個男孩子，慢慢地，我給的已經不及他顯露出來的優異，只能望著他的背影，給予鵬程祝福，他卻絲毫不怨懟這個單薄的家，還常常停下腳步回眸。我覺得好感動，以為他就是我活在世上的意義。

過去，我的人生沒有任何取捨能跨過這孩子，要心一顆，要命一條，說我愛他愛得就像個變態，我也得搥胸頓足承認。

如今，他不是我的唯一，心剖了一半養兔兔、下半輩子就要嫁給他不得不承認的好男人，還會對他生氣、讓他傷心。

說到底，林之萍就是個渾蛋。

「妳也知道？」胖子王只會冷冷地數落我，「他演唱會結束，我會找他出來談，不急，等他真能接受再說。」

有件事我憋了很久，看老王這麼帥氣要單挑阿夕，忍不住吐出一兩絲實情。

「志偉，那個，死後要是鬼差安排你去火烤肉排或冷凍豬骨，你就說都是林阿萍勾引你……」

「就算鬼王來搶人，我也絕不退讓。」王大祕書真是一針見血，我難得的委婉全派不上用場。

「要是他永遠都不諒解呢？」我低頭看著鞋頭九根腳趾，怎麼有種婚前憂鬱症找上門的感覺？

老王慎重執起我的手，我很難抗拒想埋進他厚實懷抱的衝動。

「那他也只有這點小家子氣，輸我也是應該。」

搬到新家後，小孩學校比公司來得近，換作他們比我早到家。我進門時，小七正和熊寶貝練習魔術。

熊寶貝應邀出席秋末公演，以毛茸茸神祕嘉賓的身分參與中場節目，讓小女生尖叫。

小七雙手捧著一頂貼著白色問號的高禮帽，套上小熊，拿起來，熊不見了；再蓋住一次，拿起來，熊出現了。

我熱情鼓掌，熊寶貝樂呆了，蹦蹦跳地邀功。小七直揉著熊腦袋，非常溫柔的樣子。

我沒多想，直接走向廁所，一直到坐上馬桶噓噓，才驚覺到兔兔有什麼不同，趕緊拉起內褲，偷偷摸摸地潛到客廳外側偷窺兒子們。眞的不是老母妄想，七仙臉上眞的掛著輕軟的笑容，我緊盯著十來秒，也沒有像露水消去。

「呼呼！」我家小七兔眞的好可愛喔！

我正沉浸在痴母的世界，竟沒注意到從廚房走出來的大兒子。一部分也是他近來神龍見首不見尾，根本沒料到在這個太陽還沒下山的時間點，阿夕竟然會待在家裡煮飯，還以爲他要死撐到公演當天才要跟我說話。

阿夕回頭拿了個色彩鮮艷的水果盤子，就爲了巴我腦袋。

我痛得含淚，還是討好說道：「夕夕，不要不理媽媽嘛！」

他熬夜熬到天生麗質的俊臉釘著六片痘痘貼、眼袋浮腫，也不知道用微笑遮醜，照樣對老母擺冷臉。

我試著與他溝通，但他都吝於施捨反應，我又好想跟小七玩，最後就跑去跟幼子們玩成一團，阿夕臉就更臭了。

回到正餐上來，我家晚飯吃大鍋滷，香味四溢，小七把白飯盛到最滿。

「能夠當今夕哥的弟弟，是我這輩子最幸福的事，好好吃！」不過一鍋滷菜就把兔子馴服了。

阿夕開口，我聽他嗓子帶著啞音，忍不住擔憂。前些日子才靠摻著最後一份愛意的冰糖梨子治好，沒多久就把人家的感情消耗殆盡。

「小七，你知道你吃的是什麼嗎？」他這個大帥哥終於肯笑一笑，對象是兔子。

七仙叼著肉片，疑惑地眨著眼。

「是兔子切下來的耳朵呢！」阿夕幽幽說道。

小七驚恐大喊：「大哥，你怎麼了！」

心情差就欺負弟弟出氣，阿夕這個習慣真的很不好。我這個嚴母要不是忙著找鍋中另一片兔子耳朵肉，絕對會厲聲斥責長子。

「大哥，你最近爲什麼都不跟大姊講話？」

容我在心中默唸超渡兔子的經文，他在這個家長肉長年歲，就是不長眼力，明明才被阿夕玩弄過，還踩他的彆扭處。

「她難道也玩你屁股？拿著不知道從哪兒弄來的聽診器要你脫褲子？」

小七質疑地瞪過來，我連忙揮手澄清，媽媽對已經大學三年級的男孩子沒有興趣。

「小七，別管那個變態，以後就跟哥哥一起生活吧！」阿夕對小七伸出手，小七沒多想，就搭上去。他們兄弟十指相扣，似乎沒有再容一個老母的餘地。「縱容她這麼多年，總要讓她明白牢飯的滋味。」

今夕得到一個可以名正言順破壞我和老王的法子，就是大義滅親地把老母抓去關，關出來就是他的了。

「不要啦，其實大姊沒有眞的摸到我屁股。」七仙在關鍵時刻心軟了，阿夕一臉恨鐵不成鋼，「她要我扮醫生去聽她胸口，大姊的心跳聲聽起來很響、很健康。我看著她，她就摸著我的臉，跟我說裡面裝的都是我……」

兔子的誠實害慘了兔子老母，阿夕本來就氣我，現在更像要掐斷我脖子的惡鬼，但林之萍人生的志向本來就是勾引小男生，看七仙那麼專注地聽著我的心，除了我什麼也不想，我沒辦法不使出花言巧語拐兔兔。

「大哥，大姊要結婚了，你會不會緊張？」

地雷連續引爆，七仙純白無垢的眸子看向阿夕，今夕似乎後悔沒把這隻兔子剁了燉肉，不過燉了也是便宜到我嘴裡。

「我會緊張，怕大姊跟叔叔太好，忘了回家。不過大姊說如果她住在叔叔那邊，想她就能過去找她，這樣蘇老師看到我也會開心。我知道身爲人子，不該去打擾她，又怕她對蘇老師下手，偶爾還是去看她好了。我跟大哥一起去！」
聽完小七的真心告白，我和阿夕的手在半空中撞在一塊，同時都想摸兔子的傻腦袋，太有默契了。
阿夕收回手，所以是我摸到兔兔！小七被我揉得有些害羞。
「小七，我和你對媽的感情不一樣，我沒辦法忍受她離開我。我不是緊張，而是憤怒和絕望。」
阿夕平靜地說出他長久壓抑的心裡話，本來應該要翻桌到碗盤滿天飛，可是我們家之前革命太多次，事到臨頭，反而吵不起來。
小七放下碗筷，小心翼翼地握住阿夕雙手。
「你這個天界神子也不可能留在我身邊。」阿夕冷漠說道，卻沒有抽開手。
「大哥，世上沒有誰能永遠伴著誰。」
阿夕的唇動了動，可能想從他悠久的歲月找出例子，可是想到底還真的沒有。
「但是，不能在一起並不是不愛你。」小七深吸口氣，戰戰兢兢地伸出雙臂抱住阿夕，捧出他那顆柔軟不過的心，「最喜歡今夕哥了。」
今夕抿緊唇，慢慢垂下倔強的眼。我以前從沒想過，這世上除了我，還有人能讓阿夕軟化。

「小熊，抱好你阿爹。」熊寶貝聽令，緊緊埋在阿夕肚子上，我傾身過去，一人一手，用力攬在懷中。「夕夕，媽媽想了很久，眞的有認眞想過，就算隱姓埋名，私奔到地球的另一頭，我還是不能和你廝守。你生得這麼好、對我這麼溫柔，我可能多少混進不該有的念頭，但我實在沒辦法把你當成情人。」

阿夕徒然睜著眼，許久都沒有眨動半分，我不禁哽咽。他已經筋疲力盡，哄他開心都不夠了，卻這麼殘忍地碎了他的心。

「爲什麼？」

「媽媽一把年紀了……」

「藉口！」他有些粗暴地按住我眉眼的紅妝，也就是小可愛道士給我下的法術僞裝。那雙灰眸緊盯著我，逼我說出正確解答，但我卻一臉傻怔，內心全面抗拒。

我右臂那團毛球動了動，小七目光逡巡我和阿夕之間，忍不住訝異，就算他腦神經再呆，也知道了我們母子間不可說的祕密。

「你們就是爲了這個吵架嗎？」

我覺得小七並不是完全明白我們複雜的情感，但看他好擔心會失去我或阿夕的樣子，實在過意不去，畢竟錯都在我。

「小七，你覺得我很噁心嗎？」阿夕自嘲地笑了笑，我看得心快碎了，卻不能去哄他。

七仙不知所措，似乎想撲進阿夕懷裡安慰他，又懸崖勒馬地收回來，默唸他現在十七歲，而不是七歲的小蘿蔔，要用成人的方式思考。

「其實我也喜歡大姊，也想娶大姊做某，這就能一直和大姊在一起！」小七握緊雙拳，一口氣豁了出去。

林之萍，妳是個母親，不能笑。

「小七，你知不知道自己在說什麼傻話？」

「我都活了三百多年，當然了解什麼是夫妻，就是一起睡覺、生小孩、養小孩，還有……」小七看向自己偷偷扳著的手指。

「小七，沒關係。」我和阿夕異口同聲。七仙有些惱羞成怒，他這樣奮不顧身發言，卻徹底被當成幼兔。

原本至死方休的氣氛，被兔子破壞殆盡。阿夕沉思著，舀了塊蘿蔔給小七。七仙下意識地開心接過，隨即板起臉，質問今夕是什麼意思，以爲他眞是顆天眞的小菜頭嗎？

「你們眞的很白目，反正無論如何，我喜歡你們就是了！」小七氣呼呼地告白，看起來眞是亂可愛一把的。

我明明溫柔賢良得很，都是他大哥在玩弄他，幹嘛連帶拖老母下水？

阿夕推開我，懷裡的熊差點被我悶熟。小熊有些膽怯，不懂小爹、媽咪爲什麼要爲小爹不可以喜歡媽咪吵架。

他深邃的漂亮眸子凝視著我，我不由得端坐起來。

「媽，公演當天，做我一天女朋友。」

□

照理說不該太期待，身爲老母，多少要矜持一下，但是我一得空，就衝去美容院，害設計師不得已取消預約的客人，專程來服務我這個沒良心的朋友。

「莎莉，我要參加演唱會和結婚，感謝！」我拋出老王暗鎖在保險櫃的喜帖。他帖子早早就印好，卻藏得滴水不漏，就是防我隨時悔婚；身爲助理的我，卻偷配鑰匙，弄帖子出來到處發。

莎莉把喜帖轉交給在櫃台打盹的工讀小妹，叫她把帖子燒了。

「怎麼？燒帖子是最新的祝福方式嗎？」

我一路從自家大樓管理員發帖發到派出所管區（已婚），他們聽到我要嫁作人妻，無不露出過了保鮮期的死魚眼珠。

「林阿萍，我恨妳。」莎莉從裙袋裡抽出剪刀，對我咔嚓兩聲。

「好啦，快恨一恨，然後幫我燙個年輕人的髮型。」

莎莉嘴上詛咒著，雙手倒是迅速忙碌起來。

「妳放心，我一定會把妳弄到連兒子都認不出來，咯咯！」

我以爲設計師美人只是說笑，她還一邊按摩一邊幫我蒸腦袋，我舒服得睡了一覺，醒來才知道死翹翹了。

工讀小妹憐憫地給了我一頂草帽遮羞，我回家換了頂兔子毛帽，只有洗澡才把帽子摘下。

莎莉大師給我這個堂堂四十歲的高貴婦人，大刀闊斧地剪了個妹妹頭，這要人家情何以堪？

吃晚飯時，阿夕又不理我了，小七說是因爲我在室內戴帽子的關係，怪里怪氣的，影響胃口，但他明明一連吃了好幾碗。

今夕突然捂嘴猛咳起來，我和小七瞬間繃緊了背，他去倒水，我給阿夕拍背；阿夕沙啞地唸著母弟太過大驚小怪。他該慶幸全家最容易被嚇到的小熊在花花那邊，不然早就哭天搶地，就像他小爹死了似地。

他和健康兔不一樣，小時候當了好一陣子藥罐子，醫院幾乎是我家灶腳，不能怪媽媽怕他像林黛玉吐血。

「我好多了……」阿夕揮手示意我退下，但我一丁點兒也聽不出來他沙啞的喉嚨好在哪裡，而且趕老母就像在趕狗，何其不孝？

小七緊張兮兮地捧來開水，用法力加熱，熱過頭又努力吹涼。阿夕虛弱地接過，才艱難地嚥下半口，就又咳噴出來。

今夕一邊咳嗽，一邊難堪地看著滿桌水花，起身說要重煮一頓。從沒見過比他還死要面子的男孩了。於是，我和小七聯手把他拖到房間裡放倒。

他有點發燒，不時喘著氣，症頭來得非常凶猛。急病通常不是去得快，就是死得快。我抓著他的手，說著不著邊際的安撫話語。等一下再不好轉，就要把他打包去醫院。

「妳一定覺得我在裝病……」阿夕睜開一絲細眸，「我以前……的確騙妳不少次……我病著，妳就會只想著我……」

聽到這番像是耍狠又撒嬌的話，我不禁大驚失色。

「兔兔，不得了，你大哥病昏頭了！預備住院！」

小七卻沒有聽話地去拿旅行包，而是抽出白刀，臉色異常凝重。

阿夕又大咳起來，竟然嘔出一隻暗色的軟蟲，前端長著兩顆賊兮兮的黑豆小眼、尾端拖著血絲，深具彈性地往我蹦跳而來。

「媽，開口、張開口！」軟蟲口器發出像是阿夕嗓音的共鳴。我明知不妥，卻還是被催眠般地張開了嘴。

蟲子沾上我之前，被小七用刀直釘在床板，汁液四濺，連帶著床鋪也裂成兩半。床上的病美男被小七橫抱起身。阿夕張唇想說些什麼，卻發不出聲音，下意識地望向床頭的吉他。

「大姊，我送大哥去醫院！」

我看著白光亮起，又隨著人兒消失，覺得自己好像忘了什麼，後來才想到被忘掉的就是自己。

我就近整理出阿夕的換洗衣物，就等小七想起遺忘的老母公演前夕，今夕病倒。

□

因爲阿夕的病不單純，所以我沒有公開昭告他的好朋友們。

我和小七窩在加護病房外的長椅上，等候探視時間。七仙照例自責得半死，他說那蟲子從卵期就潛藏在阿夕喉嚨，都滋生到這麼大一隻他才捅爛它，沒有盡到保護大哥的責任。

「小七，那隻蟲是鬼養的嗎？就是什麼陰間、下界的東西。」我右手捧著兔子腦袋，沒事就揉兩下，「你的眼睛還能見鬼嗎？幾乎不行了吧？那麼沒發現怎麼會是你的錯？」

「那是會吃食掉聲音的鬼術，大哥喉嚨一直沒好全，很可能都是因爲它作祟。之前一度有藥引壓過蟲的活力，但今夕哥近來太過操勞，它又壯大起來。」

「你已經消滅蟲了，阿夕的嗓子會好嗎？」

小七搖搖頭，他對陰鬼所知有限，不知道後果。

揉抱過一個晚上，小七被我拱去上課，走前給病房施下嚴密的法咒，並且交代我不准亂來；而我替阿夕和自己請了一天假。

雖然沒說明，但他的好哥兒們也不是省油的燈，才過中午，格致就找上病房。看我像隻護雛母雞般，略略防著他靠近，他只是苦笑以對。

「他最近狀況不好，我還以爲是他練習太過，沒有強硬勸阻。」別說阿夕，他自己也是一副憔悴樣。

格致說，闊別已久的老傢伙們，因爲這次公演聚在一塊，大伙或多或少都感染到重逢的喜悅，即使宣傳、布置與無止盡的彩排連日轟炸，天天睡不到三小時，也不覺得疲累。花花有次來探望他，即使是她這個單純的人類，也注意到他們隱隱散發的姦情。

「陛下這些日子動不動就走神，總是望著空無一人的觀眾席，沒人可以分擔他心頭的鬱悶。」

沒什麼好說的，就是我不好，格致卻上前攙住我的雙臂，筆直跪下。

「下手的是我們自己人沒錯，妳也眞是白疼我們了。」

「你除了花花，不該再拜在任何女人裙下。」

男人哭總會下意識地遮臉，我怎麼也扶不起他，只見他的眼淚在地板上積成一小灘。

他們習慣以自述罪過當開場白，這是他們和阿夕之間的情趣，我沒有嫌棄的意思，但是然後呢？要是請求原諒的對象沒法開口赦免那一小點的疏失，不就只能一直遠遠望著，什麼也沒辦法做？

床頭傳來咚咚聲響，阿夕抬起手臂，勉強敲著鋁杆扶手，把格致叫過去。

格致抹乾淚，聽令上前；等彼此距離夠近，就是一頓痛揍。

「對不起，陛下，我不該隨便靠在太后懷裡，因為看起來眞的好柔軟……不不，是好溫暖！絕對沒有再次搶您女人的意思，請饒了小的！」

看格致被打得哇哇叫又不敢閃拳頭，眞的好可憐。對了，肇因說起來又是我呢！

等阿夕差不多打累了，氣喘吁吁地瞪著第一個大老遠來探病的哥兒們。

「陛下，您看起來好虛弱，您應該明白，您不可以有任何弱點，不然就要密密藏著，不可以讓任何人發現……」格致露出像哭一樣的笑容。

今夕在純白的床單上散著青絲，灰眸子幽深地望著格致。

「我過去冒死規諫，抑止你的感情，不是爲了責任與聲名，是因爲我害怕，眞的非常害怕失去你。和人間不同，冥世不能沒有王者。」

阿夕瞥向在一旁充當花瓶的我，疲憊地闔上眼，又抬手揮兩下，叫格致退下。

格致卻大逆地俯身抱住他大哭。由於太過突然，今夕那隻趕人的手只能懸在半空中。

「對不起，沒有阻止你，我們委實不該來人間這趟！就算把他揪出來，又有何用？這世上有什麼比你還重要！你已經這麼虛弱，早已疲倦不堪，卻還得抱病清理陰曹，憑什麼？一點也不値得！」

阿夕聽格致崩潰似地發洩，阻止不了他的嘴，也無力把他打昏。

他推開格致的哭臉，雙手比劃著，看起來像個小娃娃。格致顫抖地咬住唇，抽著肩膀。

我猜猜看，是熊寶貝吧？

或許開頭和過程都不算好，但看在小熊寶貝眞可愛的份上，接受這個結果也不錯。

今夕可以更直接一點地指向我，不過我的存在對他可能好壞參半。

格致順好氣，小心地去摸阿夕的臉龐。

「林今夕，該不會你本來就是這樣的人吧？難怪你會青睞陸判，又看上白仙。」

阿夕掐住格致的咽喉，叫他不要亂給他套上「傻子」的帽子，但這對平時被打慣的格致來說，並不算什麼。

「如果我能更早看穿這一點，把葉子從你身邊拉走，你就這樣無憂無慮地讓之萍姊養著、愛著，說不定也能像白仙弟弟那樣露出憨然的笑容。」

阿夕兩手掐得更緊，表示死也不會變得跟小七一樣笨。

格致臉色已經有些發青，卻愈發地侃侃而談，我懷疑他眞的想拋下花花，就這麼死在阿夕手下。

「你還記得我們這輩子第一次見面嗎？我以前只知道你發怒足以威震四方，不知道你笑起來竟然這麼好看……」

阿夕要是能說話，一定會鄙夷地告訴格致，那只不過是對新同學的禮貌性微笑，比花生糖外層的糯米紙還要不如。

「我是眞心地想跟你結交，並不是因爲……我們這輩子的交情若是摻雜過去的渾事，誰也扯不清。那裡不允許拿出眞心，我們也不懂什麼是眞心。但是，或許在我們身爲人相識以前，我就打從心底認爲，那位威風凜凜、踩在我們之上的王，怎麼會如此好看？」

格致斗膽拉過阿夕要置他於死地的十指，用力在他的手背上吻上一記。

「陛下，您眞美。」

我正要讚賞小鴿子的勇氣，沒想到格致一親完，就飛也似地躲到我背後，哭著叫我救他。阿夕暴怒地扭身起來，試著抓起點滴架當凶器。

好在格致的手機適時響起，花花要帶小熊回家，請鴿子爸爸接送。如果鴿子爸爸在這裡被打得頭破血流，就沒辦法好好開車載老婆、小孩平安到家了。

「陛、陛下，那我先去接茵茵和小殿下。」格致戰戰兢兢地請求活路，而阿夕只是勾指叫他過去。

然後，我親眼見證到人被飛踹上牆的經典畫面。看阿夕累成這樣，我這個貼身嬷嬷趕緊上前給他擦汗倒水，他卻瞪我兩眼，怨我眼睜睜地坐視寶貝兒子被垃圾輕薄。

對不起，因爲總覺得很有趣，而且有部分也是因爲格致是第一個找上王子獻上眞心的勇者，値得嘉獎——雖然是用王子自己的肉和美色。

格致重傷走後不久，香菇也來了，他說是跟蹤格致才找來這裡的。只有一張嘴的格致警覺性太低，太不中用了。

他們有時候就喜歡在阿夕面前抬升自己、打壓伙伴，沒有永遠的朋友，只有永遠的敵人。

他就站在門口，高大的身形讓他足以從那裡望見今夕的神情。

「陛下，要我守著你嗎？」

阿夕好像想對古意兄弟比中指，但顧慮到我在場，只揮手趕人。

「我就站一下，一下子就走。」

他眞的走出病房，立定在外，來往的病人、護士都忍不住看他，但他完全不在意，緊守著自己認定的崗位，直到阿夕撐不住眼皮睡去。

香菇進來向我告辭。我跟他說，他們幾個從高中一路相伴到大學，總是阿夕感情最好的哥兒們。

他謙稱自己不過是個宮廷守衛，不能和阿夕相提並論；而除了林今夕，他沒有意願做別人的看門惡犬。

「我姊犯錯那時，我不怪她。眞說起來，我可是比她還要執著於陛下。」他說得無比深情，就算曾在法會上擊敗無數小比丘、被高僧讚爲佛門高徒，這輩子也都不會出家當大師。

我目送古意遠去。如果關於地獄大鬼的那些暴虐殺戮傳聞都是眞實，冷血坐看囝魂消滅也是實情，那麼還喜歡著他們的我，是不是神經病呢？

親信團既然來了兩個，於是我也不禁引頸期盼；果然，在晚飯前，第三名好兄弟出現，可以湊齊一桌打麻將了。小草二話不說，直撲上阿夕的床，不愧是我一手帶出來的乾兒子。

阿夕緊皺眉頭，不知道今天黃曆上犯了什麼沖，本來對他誠惶誠恐的朋友們，全都不要命了。

他又瞥了我一眼。每次人生出了什麼差錯，他總是第一個懷疑到媽咪頭上，真是個不孝子——不過，他手機那個賺人熱淚的病危簡訊，就是我發出去的。

「陛下，殺了我，我不想活了……」

小草跨坐在阿夕身上，披頭散髮，一股腦兒地鬼吼鬼叫，乍看之下還真像個棄婦，可嘆阿夕已經有小七這個新歡。

「他們都沒明說，但是是我做的，對不對？就是我害了你！」

小草從出生就被暗算當敵人的眼線，不知情地來到阿夕身旁當他的賢能助手。如果至今一連串發生在阿夕身上的災厄都出自他的手筆，小草就要一頭撞死在阿夕面前，一命賠一命……可是我家大寶貝還活得好好的啊！

我的額頭被毛巾砸中，阿夕終於正式申請外援，不准我在床邊摸下巴看熱鬧。

我清清喉嚨：「阿心，暗箭難防，這也是沒辦法的事。」

「之萍姊，妳可不可以不要說話？不要勸我，我真的好想死在陛下身上……」小草失聲痛哭，他太難過了，都不知道自己說了什麼。

「那你趴好，讓阿姨拍張親密照。」我舔舔下唇，調整好手機角度。

小草立刻跳起身，阿夕總算鬆了口氣。

他顫抖地摸向阿夕的喉嚨，再度哽咽：「陛下，您最重要的聲音呢？」

「素心，不要明知故問！」我勉強幫阿夕代答，「嗚嗚，姨姨不是故意凶你喔！」

「那是您統馭眾鬼的核心，失去嗓子，您又該如何是好？」

阿夕瞪著小草，要他別說多餘的話，可是小草只是低頭啜泣，沒有接收到大王暗示。

「我有兔子……錯錯，我有神子護體，一時的失足並不算什麼。」我翻譯完看向阿夕，今夕不甚滿意地用眼神簽收。

小草失落地站在一旁，雖然他也覺得小七很可愛，但這樣一比較，自己又顯得成事不足、敗事有餘。

阿夕被格致折騰過那一把，已沒剩多少氣力，因此讓小草罰站懺悔，聊作懲處。

小草的事曝光後，今夕總是邪氣地指著小兔子說要爲他的大陰謀加菜，把自己弄得深不可測，但說穿了，他就是被人藉好友之手弄得失聲，又想袒護鑽牛角尖的小草兒，寧願自己充當壞人。

從沒見過被害者這般維護加害者，阿夕竟然還敢嫌小七太大愛？

「難道你被小七淨化了？就教你不要跟媽媽搶兔子玩，看看現在，好好一個大魔王變成什麼德性？不聽話嘛！」

阿夕給小草一個戴罪立功的機會，就是把我打包帶走。我那些臆測明明都沒有說出口，阿夕就是能從結論推出我腦筋裡的一連串廢話。

小草卻違命，哭紅眼跪在床下。

「素心，今夕不要你這樣子。」我過去扶起心碎的乾兒子。

「我愚魯至極，從來不知道他想要什麼，只會向他乞討我想要的君王……」

小草曾經懷念地洩露在他「出生」時，幽冥世界只有他和鬼之王，他是第一個鬼王的子民，他曾經是祂漫長時光的唯一。我聽了忍不住欣羨。

爺對我說過鬼的來源，他先問我天界住的是不是神？掌控四界元素的神靈是不是神？庇佑山林水澤的地祇是不是神？

所以，鬼原本也有很多種，人死後的亡魂、異世鬼國原本的鬼民，還有本就因地府而生的大鬼……等等。如同眾神之神造化諸位大神，大鬼也是出自鬼王的手筆。

爺猜想，可能鬼王被困在虛無的下界，很是無聊，才隨手挖起一邊污濁的泥巴，掐捏出第一隻鬼。試做的黏土美勞總是不完美，混著祂的憤怒、嫉恨等負面心性；那隻鬼只會附和祂對天上的仇恨，沒有自主意識，不能分擔祂精神不斷被瘴惡侵蝕的痛苦。

一巴掌拍下去，再捏一個不就得了？然而鬼王卻留著那個失敗品，讓它得以仗著比其他大鬼悠長的年資，站在離祂最近的位置。

我和小草拉扯到後來，幾乎變成在較勁雙方的臂力；他跪我拉地如此幾回，最後我實在累了，陪他一起跪下去，半壓著他的後背，考驗年輕人膝關節的能耐。他呆怔著看我，滿臉羞愧地反把我拱起身，再次驗證北風太陽理論。

他一路陪伴阿夕到今天，風雨不斷而矢志不移，怎麼會一無是處？我又怎麼會不明白自家兒子有多難伺候？他卻甘之如飴。

阿夕把小草往身邊拉，用嘴形仔細交代——等我。

小草哆嗦雙唇，強忍著眼淚，努力調整呼吸，肩負起這個重責大任。

「我會好好督促他們，讓你隨時都能上場，今夕。」

阿夕耗盡最後一分心力哄走小草，就睡得像死人一樣。

「小姐，不用擔心，妳男朋友只是太累。」護士小姐一邊換點滴，一邊溫聲安慰我。

因爲帽子遮著皺紋，加上髮型，而且我又故意嗲聲叫她們護士姊姊，所以被看小了二十來歲。

「他不是我男朋友。」我澄清道。護士小姐連聲抱歉，枉費她們羨慕了一天。「他是我大哥，我們爸媽走得早，都是他在照顧弟妹。他就這麼倒下，要我和小弟怎麼辦？」

我的哽咽唬爛換得白衣天使的兩滴清淚，這就是我照顧病人之餘的次要娛樂。

主要娛樂是哼歌給阿夕聽；我知道自己有多少斤兩，沒有唱得太大聲，只是為了讓他感受媽媽一直在他身旁。

病房裡只有我們彼此，我揉著他前額的髮，不用再掩飾對他的滿懷情感。

「阿夕，你要快點好起來，才能跟媽咪去約會呀！」

就在我盡情玩著大寶貝的時候，小寶貝亮著白光現身。我樂呵呵地把小七招來，他卻呆站在咫尺外，傻怔怔地看著媽咪戳大哥的臉頰。

「兔子，你也要玩嗎？」

七仙回過神來，趕緊從褲袋裡掏出一個玻璃質地的小葫蘆，他為阿夕的啞病求來仙藥。

小七說，他學識有限，只能求助於過去的道友。無所不知的小道友告訴他，陰間的死物無不懼怕那一位大人的怒吼，但長久時光下來，陰溝一些寄生在亡魂身上的蟲子，長年吃食人類鬼魂的殘渣維生，人不純粹，因此人鬼相對於陰鬼，多摻雜了一些東西，多了一些抗力，於是被培養做專門對付那一位的生化武器。

「小七，你上輩子好像只有一個朋友。」

「大姊，妳不要說破，大哥不喜歡他。」七仙氣我壞事，而我則笑笑說兔子想太多，阿夕才不會在乎這點小事……

我看向清醒的大兒子……對不起，今夕看起來的確很不爽。不僅是我的私人交友，連小七小得可憐的生活圈，他都要緊緊地掐捏在手中，閒雜人等一律去死。

「我問他該怎麼辦，他說這陰損手段很有創意，短時間也想不到該怎麼找回今夕哥被吃掉的聲音，於是跟我提了替補的法子。」

陸小安大方出借自己的嗓子給林小七，代價是一份未塡上底限的人情債，我和阿夕都覺得笨兔子傻傻地把自己給賣掉了。

「大哥，他會唱這一千年來歷代的曲子，三界的歌謠也學得詳盡，音色絕美，還靠著那副歌喉騙過星君、東嶽女帝、藥之主等等神鬼妖魔，你要不要試試？」小七遞上不時發出共鳴的小葫蘆，阿夕接過來打量著。「啊啊，大哥不要捏爆它！我發誓，你唱歌比較好聽！」

阿夕不是嫉妒，小七誤會了，我只好站出來繼續充當翻譯小姐。

「愛兔，你大哥是氣你竟然以爲他得像隻小美人魚，靠嗓子去媚惑他人。」

「我沒有這個意思，只是想再聽今夕哥彈吉他唱歌。大哥的歌聲本來就很好聽了，又勤快練習，每個晚上都能聽見琴弦聲，讓我睡得特別好……」

舊家的隔音不好，阿夕怕吵到小七，都把聲音壓到蚊鳴大小，沒想到兔子根本把他的歌當安眠曲；他應該在想，早知道就唱得盡興一點。

「我、我好想趴在今夕哥大腿上，每天讓你用情歌哄著入睡，咕唧呀！」

「大姊，我沒啞，妳不要擅自替我發言。」

「那兔兔你剛剛在發什麼傻呆，告訴媽媽好嗎？不然我就要自己猜了。」

小七朝點破他彆扭的我驚慌地眨了下眼，又笨拙地低下腦袋，學鴕鳥遮掩真心意。

「沒事，只是看妳和大哥好像是真正的親子，我好羨慕。」

養十年和養一年的差距，總會在一些小地方體現出來，我想再把七仙飼肥個十年，他應該就會練就一身跟母親撒嬌的本事，像阿夕連凶我、罵我、吼我都是跟我討抱的一種方式，所以我從來不往心裡放。

「兔兔，來給媽媽抱。」沒辦法，小兒子內向害羞，還是得靠我主動出擊。

小七看向阿夕，確認他沒生氣，才過來給我揉毛。

我費了心思剝除七仙外面的那層皮，總是讓阿夕撿現成的便宜。小七跪坐上床，摟住哥哥的脖子，做得比小草他們都還要熟練。

阿夕猛然推開小七，小七非常遺憾，兩人的體質終究還是不合，他真想把自己化作陰魂，這樣就能把大哥的傷轉到自己身上。他唱歌不好聽，所以他啞掉沒有關係。

「你大哥的眼神說，他解放你的能力不是給你幹蠢事的。」

小七從病床上退下來，轉而坐在床頭折疊椅上，把腦袋悶悶地埋在床頭，大概在自責自己真是沒用的笨蛋。

阿夕拍拍喪氣的小毛兔，嘆了口氣，又睡著了。

夜半，兒子們睡成一團之後，我到外頭買宵夜吃；拎著三、四袋食物回來時，意外看見「七仙」直挺挺地坐在床邊，半垂著無機質似的金色眸子，深情注視著床上的睡美男。我在門外止步，不敢驚擾他們。

嘴巴上說死都不見，好比參星星和商星星、羅密歐與茱麗葉，但轉眼間就跑來探病，我又沒給祂老人家發詐騙簡訊，神明大人實在是沒有我想像中的有原則。

「他」伸手去碰阿夕的指尖，沒敢握住。

「哥哥，能不能再唱歌給我聽？」

我一世為人不算短，沒有聽過比這更寂寞的撒嬌了。

我在心裡不停地鼓譟著，千萬別照八點檔的拖戲邏輯——等大帥哥睜開眼，只剩滿室金輝和睡熟的小兔子，為釣收視率而失之交臂。林之萍只是一介凡人，沒本事收看得到三界兩王下一集的愛恨糾葛，可以的話，請在這一隅人間醫院手牽手和好！

大概我的內心戲太吵了，天界皇帝收了手，偏過小七那張可愛的臉蛋，眨動金眸往門口看來。

祂不是白天那些我從小鬧到大的乾兒子們，沒把握人家聖上不會滅口。

病床卻在此刻響起微小的動靜，今夕睜開鐵灰色的眼，對上天之帝王回眸的燦金眼珠。

下一刻，阿夕狂暴地掙脫點滴，瘋狂撲向借用小七身體的大神。我看他紅得像要滲出血來的雙眼，才明白他們之間的恩怨有多不可解。

「七仙」睜著金眸，怔怔地流下淚來；祂任阿夕掐著頸子，困惑地摸著臉上的水珠。

「我說過了，你不可能殺得了我，我是被選中的主宰，而你是淘汰的渣滓。」祂的嗓音依然一片平和，我想是因爲那脖子是小七的，痛不在祂身上。

「今夕！」我叫大兒子快逃，但他根本殺紅了眼。

祂一動作，我就趕緊祭出大絕：「兔兔！火燒屁屁了！」

七仙重新張開睏倦的眼，迷迷糊糊地往正要下狠手的今夕喊「師兄」，一點也不害怕。今夕鬆開十指。他每次發病，意識總會有段失控的空白，所以現在他有些困惑是否誤把小七當作長年來的夢魘，兩人互相怔著好一會兒。我趕過去做僞證，坐上床鋪，把他們一人一邊地攬在懷裡。阿夕虛弱又疲累，就這樣被我瞞天過海地哄回去睡。

小七一直都是隻小睡兔，這個時間他清醒不了太久，也跟著阿夕呼呼大睡。

待我享受了一會兒左擁右抱的幸福感，才抬頭恭迎被逼得現出原形的神明大人。

祂看起來和阿夕差不多大，感覺卻異常蒼老，說祂超過四十六億歲我也相信，沒有半點生氣，死物一般。

「沒死人，沒事了。」我不知道幹嘛要補充說明，人家眾神之神哪需要凡婦的安慰？

祂身上僅有一件寬鬆的白衫，那頭金色長髮柔順地垂落至地，像是最上等的絲綢，極美，我都差點被誘得請求梳髮的權利。

我爺說天帝的金絲其實是金玉其外，裡面差不多都白光了。年幼的我反問爺爺怎麼知道，他梳過大神的頭毛嗎？爺認眞地嘆息道：「身爲史官，聖上有幾根毛，我都一清二楚。」逗得我咯咯直笑。

絕對的坦誠反而像是唬爛，年紀漸長，我才察覺爺爺果眞是家裡最狡猾的傢伙，才能把一家大小渾蛋治得服服貼貼。

「您總不會一時興起，穿著睡衣就來探望哥哥吧？」我有點混亂，如果以家長的身分招待，到底是要把祂當作孩子他爹，還是孩子他的雙生兄弟？

祂伸出潔白無瑕的手，我不由得友好地握住。有什麼突破了小白兔護身符，一股熱源透過我們碰觸的雙手流竄進來，哽在我的喉頭發燙；沒多久，那點異感便消失，往另一邊流去，在阿夕的頸前微亮了一下。

今夕在睡夢中咳了起來又靜下，我屏息聽著，是正常的聲音。

祂這趟來是爲了把嗓子換給今夕，卻被凶了那麼一頓，難怪會哭。

我斂起衣襟，向祂恭敬俯首，代不可能感謝祂的阿夕道謝。

「您若是不趕時間，在這裡坐一下吧？我有買臭豆腐喔！」基於搶小孩之仇，我於情於理都不該亂勾搭祂，但看祂遠遠地站在我們一家的圈子外，實在無法對那份孤寂視而不見。

祂笑了笑。我從未見過如此哀傷而動人的笑容。

神明走後，留下滿室輝華。我靜坐了好一會兒，聽著兒子們沉穩的呼吸聲。我這輩子鬼和神都見識過了，還是認爲當人最好。

我迷迷糊糊地作了一個夢，如果去掉零散枝節和結局，那還眞是個美夢。

夢中的我藉由夢中的角色去體會世界。「祂」意識到「存在」這件事，已經身在水中，無邊無際的水。祂呆怔了一陣，恍神間大概過了幾百年，才試著睜開眼。

祂眨兩下眼，水中影也眨兩下，祂與水影互相對視，興起一股異樣的感覺。從祂有知覺開始，即明白「自己」不是一，而是雙，祂與另一個祂沒有分別。

祂，應該說是祂們，在水中漂流了好一陣子，約莫千萬年過去，其中一個祂離開大海去看看天，祂想也沒想就跟了上去。

火紅的天與地，熠熠奪目，大水沉靜下來後，土地和火還在一隅互相吞噬，迸射出大氣。祂有次險些被暴起的熱流吹散形體，被另一個自己及時拉走。那時候還沒有語言，對方僅用一記白眼罵祂呆子。

祂被精神碎碎唸了幾個十年，不但不厭煩，還更貼近彼此，亦步亦趨。那時也不知道什麼是愛，姑且稱之爲好感，比喜歡自身個體還要喜歡一些。

祂們也會累，累了就休息，休息的時候世界變化比較緩慢；祂們清醒，大地會跟著活躍起來，綠色隨之蔓延開來。祂們也發現到自身對世界的影響，一彈指，本該爛在殼中的種子，瞬時茁長成大樹，讓祂們有個可以歇息的涼蔭。

再過千萬年，土地穩定了，火焰沉寂下去，黑夜似乎更加暗沉。祂在夜晚總是無法靜下，惴惴不安，好像億萬機率中選出來的祂們，又要一夕化歸虛無。祂正想著，突然被攬過去，對方半抱著祂照護著。

祂害怕黑夜，祂卻不怕，可見對方比祂勇敢許多。

祂們都累了，祂卻把力量分出來値夜，可見那顆心比祂還要不自私。

見祂還是無眠，對方低低哼起曲音，像是流水、風鳴，卻又不是純粹自然之聲，多了些別的東西。若要用人類的話形容，只能說祂的歌聲很是「溫柔」。

祂是天地間第一個忠實聽眾，卻從沒有爲對方鼓掌過，因爲祂總是幸福地在曲音中睡去。

另一個祂是這麼地美好，値得比自身加倍喜歡著。

經過長久歲月洗禮，祂們好像變得有些不同，不過，不管對方的想法如何，祂都一概接受，什麼也不用想，跟著祂的腳步，一起攜手走遍這三千世界。

天地穩定下來，生命有了靈識，感覺得到祂們，明辨出強大的力量，不約而同地向祂們叩首。

被仰望著，所以祂們也就是最初意義的「神」。

祂們旅行到土地的最高處，作為世界級的舞台，風迎來，像是歌曲前奏，祂屏息以待，聽另一個祂向天下放肆高歌。

所謂天籟，就是獨屬於祂的歌聲，喧囂塵世都為此寧靜下來。

祂曾經以為彼此會一直這麼過下去，由著生命繁榮，一起生活在祂們共同建構的花園。

流轉於世間的能量卻極端地聚集在兩側，相互排斥，連帶引發自然產生劇變，使得小花園傾覆，祂們又重新花上大把力氣搭上棚子，種下新籽。

如此反覆不斷，另一個祂似乎有些生氣了，不喜祂們的心血這樣被糟蹋。祂向來饒富情感，一粒沙一株花都能給予注目，不像自己拙笨，什麼也沒想，只會跟在後頭照顧重新萌發的生命。

「一定要改變什麼……」對方每天每夜都在思考怎麼讓世界更好。

祂腦中響起一道聲音，自動打開了口：「我們分邊治理地上界和地下界，三千年為期，你認為如何？」

對方沉默著，看樣子不太樂意，卻還是審慎考慮著祂的提案。

祂想說話卻發不出聲音，這不是祂的本意，祂並不想要分開。

如果生機能順利蓬勃發展，今後的管理範圍就會不停擴張。從效率考量，另一個祂才勉強同意上下分治，接下來的問題便是哪邊給誰負責？

祂低頭俯視混濁的地下界，黑漆一片，透不進光，不由得瑟縮。想來，祂一直比祂還要懦弱。

「我下去，你給我上去。」

祂聽得一震，如果那時候兩者早已有顆完整的心，或許對方億萬年來給祂的，就是所謂的愛。

「我一直在，你不要怕。」對方把祂往上托去，自己沉入無盡的黑暗。

祂無法言語，只是拚命抓牢要沉下的祂；從未有過如此刻骨的恐懼，天地為之顫抖，好像世界要完全失去亮光。

對方以為只是暫別，看祂那麼捨不得，一定沒幾百年就會忍不住來尋祂，不會失約。

祂卻知道，這一別就是永恆，永遠失去另一個分身。

祂依照「指示」，建立純淨無瑕的天上世界，四肢被綁上偶線。祂與祂的子民受萬物供奉，沒有誰比祂還要尊貴，被尊稱爲「天帝」。

另一邊，對方掌管令人恐懼的黑暗世界，人們向下界投射所有惡意的想像，演變成招致病厄和死亡的陰神，鄙稱作「鬼王」。

早在有實稱之前，祂們就分別被囚禁在彼方。祂在天上感覺得到鬼王試圖掙扎出泥濘不堪的下界，卻因爲等待太久，失了脫身的先機，總是觸到人間就又陷落冥間。

鬼王每有躁動，底下蓄積的穢物就會跟著破土而出，不免波及人世，讓人更加確信底下那一位是不祥的化身。

人們忌諱底下的鬼物，讚頌美好的神祇，爲祂唱曲、跳舞。

詛咒和仇恨則是往下流去，那時沒有輪迴，亡魂永遠都得待在冥世，它們和負面的波動共鳴，無意識地發出哭嚎。

祂卻在天上聽見了歌聲，對方即使承受著整個世界的污，備受煎熬，還是唱起歌來。

祂已經沒有心了，卻還是忍不住去想，這麼溫柔的對方，會明白祂的苦衷。

明知不該，祂還是在人間動了手腳，讓天上懷有異心的大巫投向下界，引得鬼王成功地破土而出，孤軍攻向天界。

開啓第一次兩界大戰的主謀就是祂，就只爲了再見對方一面。不然憑「上蒼」的意志，鬼王是選擇後的淘汰物，該是永遠受困於底下，最終只能與黑暗同化、化爲虛無。

祂從高座俯視千里爬上華美宮殿的祂，祂變得好醜，全身發臭，幾乎認不出原本的面貌。

「你，爲什麼……」祂悲痛欲絕地開口，只想跟祂討一個答案。

祂想要解釋卻不受控制，比祂還要巨碩的「天意」，特意放任祂那些小動作，就是爲了這一刻，讓祂親口命令眾神，擊殺隻身來到祂面前的鬼王。

退讓卻換來殘酷的背叛，祂無法接受，失去理智而瘋狂，張牙舞爪地往祂逼近。無數天界子民爲了阻擋鬼王，慘烈地死在祂的手下。

祂看著，在對方染血的指爪碰觸到自己的衣袂前，伸手一指，輕巧地瓦解大殿的基底，頃刻間即讓沾滿血腥的骯髒大鬼從雲端墮回地獄。

「我恨你——！」

鬼王下墜前發出尖銳的咆哮，久久不絕於耳。

祂真正所能做的，也只有閉上雙眼。

我不知道神明大人給我這個禮物做什麼，害我整個清晨都呆呆盯著阿夕的睡臉，忘了玩兔子。

把人家安排好給小七的命偷換給阿夕的犯人，十成十也是祂，仗著神子腦袋不好，就賣了他做人情。小七為此受了很多苦，但是祂捨得，祂只養了小七三百年，阿夕卻護了祂無數時光。

但是我捨不得，哪一個都是，怎麼受盡凌辱的不是我呢？

凡人無力回天，我捂住臉，不知如何是好。

值得慶幸的是，夢還沒醒，故事還沒有結局。

□

阿夕一出院，就以學校為家了，只有電話簡訊，一面難求，我不禁聯想起出閣前的小閨女。

那我在定下來之前，該不該去買個春？

想是這麼想，但我只跑去特賣會搶購小孩衣服。小七的個子終於有鬆動的跡象，高三開學到現在，拔了兩公分上來，一百七的夢想近在咫尺。兔子看我大包小包地回來，氣呼呼地唸了我幾十句，後來看每一件衣服都是他的，便又質問我把大哥置於何地？

「哎呀，你去看演唱會就知道，阿夕絕對不缺襯托他帥氣的服裝。先來試穿看看，告訴媽媽你喜不喜歡？」

小七攬著一件毛茸茸的灰夾克（灰毛兔！），已經不知道該說些什麼。

「大姊，妳送我的，我都喜歡。」

我溫婉一笑，就等他這句話，然後抽出我這次血拚回來的壓箱寶——白色連身小洋裝！露大腿，無襟領，只有兩條細肩帶。在這個以孝爲尊的東方社會，就穿來娛親一下吧？

兔兔勃然大怒，叫老母去撞壁。

「好在我們差不多高，妳還能穿，省得我燒了它，浪費錢。」

「呵呵，媽媽老了，不行啦，你在家就當睡衣吧？」

小七不知想到什麼，定定地看向我。

「大姊，妳明天不是要跟大哥約會？那瘋子給我一塊棉布，說是給妳卸妝，還妳青春紅顏。」

意思是，請儘管穿上小白裙裝年輕沒問題？

於是，我遵照大師指示，把兒子的小白裙自肥下來，穿去上班，果然萬眾矚目，被老王吐嘈到死。他從那顆妹妹頭嫌棄到腳趾頭，說我全身只剩腿能看，臉反而更顯年紀。

我搞怪過後，工作特別認眞，爲了申請早退而努力著。

我跟未來老公說，我的童年期比較長，國中還跟狗哥兒們玩在一塊，到高中才開始懷春，而我家人卻在這時候一個個離我遠去。

我的守喪期也比較長，到我認爲可以走出來找桃樹時，已經稱不上是少女，總有些遺憾。

「我遇見妳也快三十了，妳那些過去我也不可能挽回，但是這十多年來，即使妳生出華髮，再也沒有年輕艷冠群芳的魅力，我還是認定妳是世上最美的女子。」

老王眞的嚇死我了，他是想在套牢我之前大放送嗎？

「我也……最喜歡兔兔了！」

老王鄙夷地道：「妳就用嘴裝死一輩子吧。」

他眞是我的知心人，連我難得害羞一次也要戳破，害我忍不住嬌嗔：「討厭！」

□

捱到下班，一下樓就是大驚喜，小七兔來接老母囉！

他上身一襲白色唐衫，配著墨青色的棉布長褲，髮尾束了串紅流蘇，服貼地垂在頸邊。這身行頭和熊寶貝的魔術師燕尾服有得一拚，他素來簡約，難得打扮兩下，都是爲了阿夕哥哥。

這次，小草他們沒有去請在地神祇，負責鎮壓場子的大神就是小七仙子。我情不自禁地過去蹭抱兔子，他順勢攬起我的身子，輕盈一躍，傳送至天堂演唱會。

不出所料，阿夕的學校大爆炸了。

小七降落的鐘樓，正好可以一覽學校大門有多混亂，還叫來警力戒備。這次公演號稱是林今夕大人籌備三年的鉅作，錯過這次，大概不會有下一次，也難怪歌迷爲之瘋狂。

我喝哈一聲，不能輸給這些年輕孩子的熱情，拿出卸妝棉和小鏡子，抹去眼上的紅妝，就要端出生平最美的自己上菜去。

不知道陸家小道士加了什麼魔法，一向斥我爲「老查某」的七仙，也看出妝前妝後的不同，雙色眼珠睜得老大。

「大姊，妳和我差不多大，感覺好怪。」小七望著我，不自覺地放送著自然草原電波。

「媽媽就是媽媽呀，小七也還是寶貝！」我朝他張開雙臂，區區表相改變，不會影響兔兔母子相親相愛。

七仙呼了口長息，認命過來，溫順地貼在我耳畔。

小兔子在某一夜開竅後，終於習得怎麼跟老母撒嬌，媽媽甚感欣慰。

「大姊，我要在這裡壓陣，妳要好好爲大哥喝采。」

小七再次把我半抱起身，難得我沒有沉浸在公主抱的喜悅中，心頭著實咯答一聲，可能是離地三十公尺的關係。

「大姊，對了，妳今天很漂亮喔！」

我好高興，但來不及表達謝意，喉頭就發出響亮的慘叫，小兔兔一把將老母往高空拋擲出去。我常嚷嚷著要當月兔，但那也是下輩子投胎到月球的事！

我懷有的票券赫然亮起金光，以我爲軸心，數個金色圓弧把我層層包圍，驗收「林之萍」這個人。我凝視著隨金弧光芒展開的三個簽名墨字，突然想起爺說過，鬼王不用魔法，因爲金色是神明的代表色，一動法術就會顯現祂和天帝的關係。

他總是一次又一次地爲我打破原則。

我輕飄飄地落在專屬的貴賓席上，是大禮堂中央上空停用的放映室，一隅空間強塞著珍珠白的太妃椅，讓我可以躺坐著；飲料點心一應俱全，兩旁架著立體音響，還備有望遠鏡一支。

開場前五分鐘，閒雜人等都清理乾淨，燈光暗下，底下的躁動也跟著沉寂，接著響起布簾拉開的聲響，聽眾把肺吸滿氣，正要表現，主持人卻先噓了一聲，示意小朋友們安靜。

鎂光燈亮起，打在小草清秀的臉上，他先朝上方的我行了個禮，才開始報告今晚的活動流程，就像一般學生晚會。

格致也一身休閒地出場，正式介紹活動嘉賓，似乎要凡人在死前好好認識他們一番，可惜台下沒幾個人聽得進去，都在屏息等待著某人。

香菇也出來了，嚴令活動開始之後，不准再隨意走動；手機請關機、全程禁止攝影、錄音，也請注意隨身所攜帶的物品。不過，若眞有小偷，他們也會捉出來宰掉，敬請安心享受。

最後，林今夕拎著一支黑麥克風，身穿黑領帶、白襯衫與黑皮革長褲，翩然走到舞台正中央。

他打開麥克風，淡然地招呼一聲。

「晚安。」

一時間，天地爲之變色，尖叫聲響徹雲霄。

弦音驟起，聽吉他響亮的前奏，就知道是快歌開場。

阿夕大學的學生可能不會唱校歌，但一定會哼這首學生會錄製的主題曲，旋律輕快好上口，聽兩次就能洗腦成功。何況會長大人當家三年，經年累月放送下，他的子民已經耳熟能詳，也可作爲辨別反對者的利器。

聽說對於國歌有多熱中，就顯示一個國家的專制程度；由我客觀判斷，底下的這些孩子都已經沒救了，完全拜倒在林今夕的西裝褲下。

順帶一提，他在這次的學生會選舉，得票率九成五，刷新記錄。一些選前唱衰的名嘴，不禁搖首嘆息這學校的民主素養，就算選舉人的私德有瑕疵，還是盲目支持，而且會長失蹤那時，不知被學生罵得多凶，結果他只是出面講聲對不起，就被原諒了；原諒他也就算了，還一堆女生跟著哭出來，說要生生世世追隨陛下，這所學校根本從林今夕入學之後就壞得徹底！

阿夕的硬底皮鞋在木質地板上踩著節拍，答、答答，抬手揚了下麥克風尾巴，一開嗓即聲壓全場。

不知道這一場子的人們，上輩子燒了什麼香，何其有幸，得大王恩眷？

阿夕第一首歌就帶動唱，完全看不出幾天前才病得快死掉；在歌迷狂熱的眼神投注下，他根本靜不下來，那雙長腿隨歌曲跳遍整個舞台。

看他輕甩出來的汗水，我很懷疑世上還能有別的男孩帥成這樣嗎？

「碰！」大鼓砰然結束序曲。

燈光再次暗下，他們不拉簾子，仗著黑暗，直接在台上換衣服，卻給我配了一副能夜視的望遠鏡，什麼內褲都看光了。

舞台響起清脆的女聲，呢喃她對愛人的情意。

燈光打下，花花以一身西裝外加黑色禮帽，一副紳士派頭地現身。

先是滿場的抽氣聲，然後又叫得驚天動地，看來今天這些聽眾回去八成得吞喉糖了。

容我介紹前兒媳花花，名模、廣告寵兒、演藝圈新銳，年紀輕輕就憑著自己的本事，在喜好多變的娛樂圈中殺出血路，前途一片看好。她在這所學校的地位，我們可以這樣比擬：如果今天阿夕皇帝的後宮空虛，要選嬪妃，點了格致大臣來問，格致再怎麼想藏私，可放眼天下（大學）能匹配年輕英偉皇帝的女子，大家都會說唯有名媛花花。

阿夕和花花飆舞，是全場第一個高潮。剛才的開場曲不算，因爲大家一開始被電暈了，不是清醒著尖叫，現在才眞正用自我意識嘶吼。

他換上掛式麥克風，一邊高歌，還要與從小練過芭蕾、國標、宮廷佾舞的花花較量，看他們挽著手，旋身後背胸相貼，主唱大人再將美人兒半抱起身，幾乎要覆住她的唇，鼓聲模仿起兩人的怦然心跳。

今夕卻在此時側眼瞥向我，我挪高望遠鏡，朝他嫣然一笑。

哼哼，來這招，太小看你老娘了。

他不知道男人最忌諱不專心，一分神，就被花花猛然按住後腦勺強吻。觀眾以爲是做效果，叫得可樂了，我則從格致驚恐的神情和阿夕略略睜大的細眸，得知這不是排演好的劇本。

花花趁亂在阿夕耳邊講悄悄話，我不用親耳聽見也猜得到——林今夕，你有沒有喜歡過我？

有。阿夕張唇回應，花花歡呼一聲，淚水從眼角淌下。

「林阿姨，他眞的對我很好，在他最好的時候遇見他，我很幸運。」她最後是當著我的面，正式宣告與阿夕分手。

我實在對不起她，另外認了乾女兒不說，她的心上人和小寶貝，都被我搶走了，還得笑著跟我道謝。但我最多只能威脅格致照顧好小公主，捨不得將這些還回去。

一曲舞畢，花花心滿意足地退場，料定阿夕不會跟她計較。今夕對前女友呼了口氣，重新執起他偏愛的大麥克風唱情歌，間奏時，格致失神踩到麥克風線，被阿夕甩著電線鞭打屁股和大腿。當眾凌虐手下過後，阿夕又毫無窒礙地深情接續副歌。

換歌的空檔，內褲看太多也會無感，我將望遠鏡往台下轉，驚見大後排兩名成熟有餘的男子。老王站著，嚴實地從瘋狂歌迷群中護著前方折疊椅上的蘇老師，現代版的胖海蒂與克拉拉。

說那麼多，還不是來聽阿夕唱歌？小草說他們經費吃緊時，有人匿名捐款資助；由於阿夕已明令不再接受總經理半毛錢，小草只得再三確認捐助者身分，老王便偷渡了蘇老師的名字。但從小草寄去的是兩張入場券來看，阿夕心知肚明是哪個叔叔疼他。

我的目光再度回到表演場上，穿著紫色晚禮服的琳琳，和她的三角鋼琴緩緩地升上台面，舞台只剩爵士鼓和兩把弦樂器孤單地躺在地上，這次的音樂由琳琳獨奏。

一般學校禮堂不會有升降台這種東西，難怪他們能把三年來搜刮的公費花到亮紅燈。

琳琳側頭挽著垂髻，髮髻簪著紫色扶桑花，儀容滿分，但她的手腳有點僵。

她和花花不同，長年來都扮演著有些內向的小美女，只有在小草一行人面前，才會囂張地笑。

她落指第一下就錯音，待唱中的周郎阿夕，不禁回眸望去。琳琳更緊張了，剛才樂團的超水準演出，更加突顯琳琳的生疏。

今夕眼看不行，叫人換個掛式麥克風給他，走到鋼琴邊上，在琳琳身旁正坐下來。

「美人，有機會一起去吃個飯吧？」阿夕想了個爛理由幫琳琳解套，好像是我平時把妹的口頭禪。

鏡頭拉近，一旁聚焦於舞台的電視牆，播放出琳琳朝他瞪大眼，一副世界要毀滅的模樣；台下大笑起來。

阿夕湊過去給琳琳打氣兩句，惹得琳琳粉頰大紅，卻也讓她精神一振，再起手時，儼然有大家風範。

雖然今夕只是意思意思地在琴鍵上敲了幾個單音，應該也算即興四手聯彈，可以流傳好長一段佳話。

阿夕向來對自家人好，真的，要比較過才知道。

我正捧頰欣賞，意外瞄到與沉浸在粉紅泡泡中的眾人格格不入的某人，趕緊拿起望遠鏡對焦。龐心綺面無表情地站在台下，怨毒地瞪視著她最好的朋友與心愛的男人，對美好的旋律沒有一絲共鳴。

我失手摔了望遠鏡，撿起再看，龐心綺卻已消失在視線中。

她那種把所有人恨上的情態，就像被鬼矇住雙眼，好的都看不見，全都扭曲成惡意。

下面又怪叫了一陣，尾音拉得特長，就像我平時對小七的叫聲。我回過神來，原來是熊寶貝魔術時間。

小熊拿下大禮帽，朝各位哥哥、姊姊行了個禮。我感覺得到下面那股想衝上台搶劫布偶的慾望，熊寶貝毛茸茸的誘惑力，大約等同於阿夕全脫。

他有些笨拙地把自己擠進帽子裡，兩隻短腿在帽外踢踏了好一陣，花花小媽躲在舞台角落握拳打氣。

小熊終於成功地從帽中消失，但整段表演不幸有個小缺失，就是大家沒看懂這是個魔術秀。

阿夕服裝換到一半，看不下去，髮夾還在頭上，就出來充作熊兒子的助手，很有家庭劇老媽子的溫馨感。他把大禮帽在觀眾面前抬高，又放下去，再拿起來。

登登，熊王儲再現！大家終於明白那孩子在做什麼，賣力爲熊寶貝拍手。

熊寶貝開心了，直往阿夕的懷裡鑽。今夕把他抱起來晃兩下，很是溫柔。

我往後台看去，慢了一步解救兒子窘境的格致，正灰頭土臉地被小草、琳琳、小玄子輪流著奚落，好可憐。

爲了不延誤時程，工作人員高麗菜露了個臉牽走小熊，熊寶貝也很乖地給沈家哥哥抱，沒有怕生的樣子。想來，整團人都忙著排演，也只剩幕後監製沈高麗菜能作褓母，順帶陪小熊畫畫。

阿夕既然上來了，也不好再下去，於是小草捧著托盤出來，當眾爲今夕整理儀容，動作嫻熟自然，展現侍臣的最高風範。

鋼琴手換上一名面生的長髮男孩，只著一件簡單的藍衫袍子，低眸翻閱琴譜，應該是長年在國外巡演的維也納同學。

前奏一下，出人意表，是兒歌，阿夕以百分之二百認眞的樣子，大唱「小熊旅行」這首現今幼兒教育必備的音樂教材。聽說原曲是首外國名曲，沒有一定程度的樂師還無法演奏，既能保留深度，又能哄熊寶貝。

俏皮的兒歌結束後，便是令人寒毛豎起的炫技時間。

維也納同學是個天生靠黑白鍵吃飯的才子，據八卦稱，他可以黏在琴椅上八個小時不尿尿。小草說，雖然他們日夜苦練，但學生樂團的程度總難免跟不上阿夕的歌喉，才會讓程清湖這個早早置身事外的卑鄙傢伙從中得利。

等鋼琴師小露一手，把台下狠狠震懾住之後，才退居伴奏，讓阿夕展喉高歌。本以為表演已到巔峰，他卻又再次改寫記憶的極致。

唱這種耗盡肺中每一分空氣的難曲，不需要共鳴，他就正大光明地把觀眾扔在腳下，對著天地揮灑澎湃的情感。

這不是一個十九歲的年輕人該有的歌聲，太過濃烈，光是聽就不禁落下淚來。

歌聲靜下，琴音靜下，阿夕向眾人輕輕鞠了躬，聽眾忘了鼓掌。

後方投影布幕緩慢降落，今夕這個略顯疲態、不久前重病瀕死過的主唱正想下去休息，布幕卻放映出一個帶笑的小男孩，讓女人抱在膝上，是他兒時的照片。

我從阿夕閉如蚌殼的嘴裡，得知了一、兩句關於他幼年生活的事，他和小七不一樣，遭遇變故前，生母對孩子疼愛有加。

幼時照片寥寥無幾，沒多久就跳上他小學的成長史，滿滿的獎狀、獎盃，他的母親驕傲地環著他的小腦袋，母子倆對著鏡頭一起比出勝利的手勢。

不是芝蘭姊姊，從此在他身邊的是我、養育他的是我。可嘆近來因為年紀增長，記憶力退化，衰老的腦子差點想不起當初我有多愛他。

我就笑咪咪地掉著淚，如數家珍地看著，台上的阿夕也目不轉睛。這些東西比起報刊雜誌八卦報導的水準要好上百倍，看看我兒子小時候多可愛！

一堆母子相片中，還夾雜著小夕和老王鬧彆扭的出鏡照。好像是他小學某次校外比賽，頭也不回地就要去坐車，把載他來的王叔叔拋在屁股後。老王一邊數落這孩子真是沒禮貌，一邊露出柔軟的眸色；會場人潮擁擠，很容易走失小孩，最後小夕還是伸手給王叔叔牽著回家。

我看向散放著殺氣的今夕，以及另一邊猙獰的老王，兩人看來都想把這個證據毀屍滅跡。

畫面迫不及待地跳上高中時代，小草拎起書包叫住阿夕，阿夕停在染上夕陽餘暉的門邊溫和回眸；格致帶笑戳戳阿夕的肩，跟他分享個小祕密，阿夕略略挪過身子傾聽；阿夕陪香菇去參拜，害寺裡金尊神像裂開，兩人縮著肩膀從後門逃跑。

這些生活花絮我好喜歡，林今夕變得好可愛，就像個普通的男孩子。

他們想要對阿夕表明，總經理那個屁根本不重要，他的人生有我和他的好哥兒們在，鮮明得綽綽有餘。

我還想再看下去，戀戀不捨，但上頭隔板卻被掀開，負責操作設備的小精靈問我要不要上廁所？今夕特別交代過，直言中年婦人憋不了尿。

「杜同學，照片是你提供的？」

「拍攝被記憶美化過的照片，對我來說不算什麼。」杜晚冬沒有戴墨鏡，紅寶石眼在黑暗中很吸引人。「女士，請。」

我飲料的確喝多了，堅持不了，只得讓他抱上去，從鋼梁小路通往洗手間。

我噓噓完就沒再回去貴賓席。位子他們安排得很舒適，但離舞台太遠，少了一點眞實感，我總是得透過尿意提醒自己這不是夢。

我往人群中擠去，不在乎旁人抱怨，用大嬸的厚臉皮朝表演台逼近，卻在中途撞見違法情事。

有個戴鴨舌帽的年輕人，低頭摸索夾克裡的物品，我依稀聽見按鍵跳起的聲響——這個偷錄音的小賊！

我大寶貝的歌聲可是無價之寶，盜錄的結果可能會輪過煉獄三百遍。

趁著台上播放阿夕道歉的搞笑短片、一干友人被他追著討命的時候，我過去拍拍小賊的肩膀，希望至少能讓他少輪一百五十次地獄。

帽沿揚起，我瞪大眼，意外看到胸前披著髮辮的討厭鬼，目測二十歲上下，身心都老鬼一枚了，還強化作和阿夕同個年紀。

「閻王大人？幹嘛偽裝成大學生，你都幾歲了，禿個頭表示一下吧？」

他那張俊美的臉孔微微抽搐，不時地往台上瞄去，看來有些慌張。

「明明毫無關係，妳說話倒是和陸判一個樣，都喜歡順嘴損人。」他見阿夕忙著揍人沒注意台下，回復了個幾分奸詐的嘴臉。

要是他不提那隻鬼，我還不打算跟他計較；他既然有意拿判官葛格威脅我，我也就不客氣地捅他老底。

「沒有的事，只想到如今陰間眾鬼仰賴閻王大人鼻息，您老人家百忙之中還來湊一腳，君臣之誼真是令民婦動容。」來人啊，這裡有個怠職的閻王！

「如此盛會，本王又怎麼能幽獨於皇宮中？」

「哦，閻羅殿沒有床嗎？你已經迫不及待地搬到他房間裡睡覺啦？」

他張了張嘴，想要反駁我血口噴鬼，卻轉念一笑。

「君上遠行使臣下輾轉難眠，只有在充滿他氣味的寢宮才能入睡，這也表示我沒有一刻忘懷陛下。」

我險些忘了，這是個能和我匹敵的變態。

「怎料這冒險來人間一趟，卻遇見妳這挑撥是非的賤婢！妳真該慶幸，老早知妳底細的我，看在陸判份上，沒對妳下狠手。」他銀眸閃動著一抹寒光。

說那麼多廢話，我還怕他不成？他們當中唯一真敢殺我的，也只有不再顧忌今夕喜怒的那隻鬼。只要阿夕在的一天，我這個老母就鬼神無懼。

「大人，如果你還要點臉皮，就不要再提到那個名字，你不配作他的主君。」

他露出壞心的笑容，非常討我厭。

「我想起陸判當時為了妳，給我磕過好幾個響頭，紮紮實實的。這麼說來，多虧妳成功把他逼上絕路，正好稱本王心意。」

我低笑道：「要救他，你以為我這小小的孤魂辦不到嗎？」

「我當初要是一把掐死他懷中的妳，那該有多好？」他直望著我，眼神晦暗，沒有屬於活人的光亮。「你們這些賤魂向來忘恩負義，若是沒有陛下，你們連存在都是妄想。」

「可我寧願消亡，也不要你口中這種施捨的好處。」

我生在太平時代的美滿家庭，有記憶以來就是這麼囂張。我可是家裡人的小寶貝呢，憑什麼要我給別人低頭？

明知總有不得已的時候，但我不喜歡，怎麼也沒法承認生命有貴賤。

「憑妳也想站在和他同等的位子上？」

不是想，而是已經是鐵一般的事實，他不用低下頭，就能看見我的笑容。

閻王還有許多糟蹋人的話語要對付我，我也蓄了滿腔的不平要砲轟他，但是當吉他弦音再次振起，我們不約而同地閉上多餘的嘴。

阿夕揹了把黑吉他出來，稍微試音兩下。

四周開始驚呼他的名字，此起彼落，似乎有許多人沒有在第一時間認出主唱大人。多半因爲他戴了一頂金色長髮，燈光映照下，波澤閃動，好像從他頭皮生出來的眞貨一樣。

除了髮色改變，另外則是一向穿搭率性的他難得盛裝，應該是那套小草口中連夜依阿夕吩咐趕出來的禮服。

阿夕上身白衣緊縛，可透光的金絲外衫，右衽以青藍龍紋腰帶束起，下身金白交錯的裙裳泛著不同深淺的金輝色澤，朱色下襬拖曳在地，像鳳凰的鳥羽。全身上下除了那把黑吉他，不就是傳說中天帝的扮相？

林今夕啊林今夕，我眞是猜不透你。

「我們的王，曾經也是那麼漂亮。」閻王同學看來不怎麼意外，口語中還流露出一絲懷念。

都怪我被黑抹抹的印象先入爲主，他們本就是雙生子，相像理所當然。

小草、格致和香菇，三名原班人馬陸續上場。很奇怪，阿夕華麗地站在前面，他們卻把惡鬼面具戴上；年輕俊逸卻扮成青面獠牙，把舞台弄得陰森一片。

鼓聲凌亂，電音充斥著喇叭聲；拋棄高格調的美感，阿夕抓著麥克風奮力叫囂。

「去死！全部都給我去死！」

阿夕特別穿成這樣來大唱死亡金屬搖滾樂。嗯嗯，他果然還是很討厭天上。台下有女歌迷昏倒了，一片接著一片，今夜就是等著被歌聲凌辱。

搖滾過後，小玄子推來火爐，今夕把禮服用力撕下，弄成破布投入火中，在朋友們面前狠狠糟蹋他們連日趕工的心血，換得觀眾瘋狂嘶吼。

現在阿夕僅剩貼身的黑T恤牛仔褲，小草他們也把鬼面具扔在一旁，回到最初的樂團歌路。

樂團主唱可不是光唱就好，還得不時去調戲沒動口的伙伴，和香菇對唱RAP、與格致飆手技，最後一段他還從主唱變吉他手，把麥克風遞給小草。

排演的時候，小草告訴我，他一次也沒有答應，惶恐至極。如今正式來，阿夕還是不放過他，逼他伸手接過。

「素心，來，唱歌給我聽。」

小草凝望著阿夕，沒有辦法思考。

就在他們糾纏的空檔，我瞄向閻羅同學，只見他那張好臉皮格外僵硬。

「大人，你成功掌權了，有沒有後悔沒跟他們一道來？」

小草和閻王的瑜亮心結，十殿都知道，所以我不必太八卦也都知道了。古時忠君就能換得更高的權位，打個難聽的比方，就是尾巴搖得起勁的狗狗，能吃比較多的肉肉。鬼王陛下卻把忠誠和權力分開來，要他們選一條路走。

「本王有的是大志向，怎會困於婦人般的小情小愛？」他勉強一笑置之。

台上小草輕哼起歌謠，和阿夕的唱腔不怎麼像，聲音不夠大，表演不夠熱絡，但這都無所謂，他就站在今夕面前，只爲他一個人唱歌。

曲畢，小草拉著阿夕的手，單膝跪下。

「陛下，許久許久之前，我便拜倒在你的風采之下。」

底下的「林今夕後援團」爲小草揮舞牌子：「團長加油！葉素心，你可以的！」

她們以爲小草要告白；這不算錯，卻是另一種意義的坦誠。

「我不適合做你的大臣，我太笨了，總是一意孤行，連累你跟著我犯錯。我不回去了，不會再回到你身邊，我決定放棄王佐的位子……」小草淚流滿面，再也說不出話。

「素心，過來。」阿夕以命令的口氣說道。小草抹去淚，走到可以彼此碰觸的位置。

兩人些微的高度差，正好讓阿夕細細親吻小草的額際。

我眼眶微微發熱，身旁的閻同學卻低低啐了聲：「浪費記憶卡容量。」

「還是後悔了吧？」我用中指戳戳他的後腰，果然是冷的肉，沒溫度。

他的視線始終沒有從阿夕身上移開，一改輕佻的態度，冷靜到近乎冷漠地批判他的國君。

「他就是這樣，對廢物也心軟。他的一生都敗在感情用事，我絕對不會步他的後塵。」

我嗤了聲，講得好像他已經接棒了，眞令人不舒服。

「他犯錯的神也收、叛將也納入麾下，要說他有多恨神祇，我還眞的不相信。他也不是眞的想要天上成爲開滿花的溫室國度，只是沒辦法容忍背叛。這麼說來，他性格上的弱處又更加地突顯出來。」

他和小草正好相反，抽離了感情，保持好距離，反而更能夠看清楚那個人，但我就是不滿他的所作所爲。

「你只是從結果去反推失敗的原因，這世上有誰眞的完美無缺？」

「他失敗是理所當然的，我一直都這麼認爲：陛下他，不適合當王。」

眞巧，這部分我們意見一致，可惜他不是儲位的大君，而是野心勃勃的亂臣。

想來，他看著王的身體慢慢被破敗的下界拖垮，對手又盡是廢物，鬼王陛下到最後也只能選顆比較不爛的蘋果。誰知道，半路竟殺出一隻神仙兔子。那時，小七師兄的魂還在，他卻願意替判官瞞上，無非是想把讓鬼王另眼相待的白仙趕到天邊去。

「你是管死的大鬼，我家人死得那麼慘，是你動的手腳吧？」我感覺有點呼吸不到氧氣。

「妳這愚婦，休得血口噴人，本王只是修正錯誤罷了。那些賤魂，打從三百年前就不該活著，就像妳一樣。」

我握緊拳，忍著不動氣。

他笑了起來，難得挖到我的痛處，不加緊踩兩下，對不起自己。

這時，音響傳來清晰的字詞：「閻羅。」

阿夕從上頭望來，四周的人紛紛張望著今夕說話的對象；閻王則堆出乖巧的模樣，瞬間跟我融洽得像是可以交換男友的姊妹淘。

「你回去。」今夕不冷不熱地拋出命令。

「陛下……」他向來舌粲蓮花，只是現在離得太遠，他的話阿夕聽不見。

我趁機抽走他的錄音機記憶卡，反正在阿夕的眼皮下，他絕對不敢動我半根毛。

「還來！」沒想到他竟然強硬地扭住我的手腕，寧可惹今夕生氣，也要搶回盜錄的曲子；在這麼神聖的演唱會上造成騷動，簡直大不敬。

我把卡片握得死緊，如同剛才所說的，好不容易挖到痛處，不踩兩下對不起自己。

「你當初既然選擇背棄你的君王，那就乾脆一點，拋棄他所有的好，不要懷抱拖泥帶水的依戀，看了就想吐！」

「妳這瘋婦，妳以爲我爲什麼冒險來偷陛下的歌聲？陸判他幾乎要散魂了，我得想法子緩解他的痛楚！」

我怔怔地鬆開右拳，他一把搶過記憶卡，再急忙往台上行了個告別禮。

「他還好嗎？」

他不理我，拉低帽子，轉身就要離場。

原來那隻好鬼才是他最大的痛處，所以才會那麼厭惡揭開他僞君子外皮、間接害他和判官反目的我。

「大人，我白目都是我的事，你可別遷怒到他身上。」

「哼，來不及了。」閻王最後趕緊補個壞笑，深怕以後沒機會對我落井下石。

「大人，他明知我和阿夕的關係，卻不肯說一句訴苦的話，你待他如此，他還是想要維護你。一個小吏爲一個就要登大位的大官著想，多傻啊！」

「可笑至極！」他握緊有錄音卡的那隻手，頭也不回。他才說過絕不重蹈今夕覆轍，但我看他已經踏錯一半的路。

「大人，你被罵白痴不是罵假的。」我目送閻王消失離去。

□

我找了個安全的位置蹲下，人群是我最好的掩護。

心裡頭喊著不要逃避，別想太多，就像過去一樣，單純地去愛他就好。

他的聲音這麼好聽，我卻不自覺地捂住耳朵，從骨底開始發寒。許久以前，也是同樣一道嗓音，親口否定了我的人生。

林今夕、鬼王陛下，我努力把兩個角色往左右腦區分開來，今夕是我的寶貝兒子，但他又說不要當我的兒子，腦子裡混亂成一片。

當我試圖從爛泥般的意識振作起來時，才發現四周安靜得見鬼，歌聲也不見了，抬頭驚見人海分成兩半的奇景。

阿夕已經不是以前那個青澀的高中生，一找不到我，連口頭搜索都不用，直接從台上跳下來，把麥克風扔到身後。

看他步步逼近，我腦中只有一個念頭：完蛋了，快逃！

他眼明手快，一把逮住我的手臂，問說：「哪裡不舒服？」

「胸口好痛……」我頭皮發麻，可是救不回右手的自由。

他把黑吉他挪到背後，低身把我橫抱起來，要帶我去救護站。

「阿夕，表演還沒完，老母好得很……」

「媽，閉嘴。」

我想過搔他癢，大不了就摔一屁股灰，走爲上策，但實在是使不出力，大概是因爲剛才搭訕到大鬼，還互相叫囂了一陣，被沖煞到了。

「沒關係，志偉在那邊，他會照顧我，喲呵，胖子……」我昏沉地張望著胖海蒂，阿夕卻往我眼皮吹了口寒氣，乾脆讓我被陰氣整個滅頂。

待我醒來，神經病已經康復許多。我身下鋪著阿夕的皮外套，腦袋枕著阿夕的長腿，憑天頂的星與四周的暗，我非常確定這裡不是醫護所，倒像他學校後方的亂葬崗。

他半環著我歇息，冷得半死也不打算放手。

「今夕，對不起，媽媽壞事了。」

「除了道歉，妳沒有別的要說嗎？」

情緒還沒過，我怕出口就傷人，只好裝傻。

「既然醒了……」阿夕冷情地推開我的頭，把大腿空出來，架起那把黑吉他，「妳送的，我好歹也得彈一次回禮。」

「可是你年初就答應要唱歌給媽媽聽。」我算術還可以，阿夕至少欠我兩首以上，不包括我趴在他房門外偷聽到的部分。

「這裡好冷，我只撐得了一曲。」好難得，他竟然承認自己體虛了。

他撥動琴弦，旋律從指尖流瀉出來。不知是不是習慣晚間創作的緣故，他的曲子特別適合伴著夜色來聽。

我傾聽著，雖然大半都聽不見。他把歌「彈」給我聽，但唱的是另一個世界的頻率，因爲聽眾不再是人。

我在草叢間看見幾抹白影，三三兩兩，漸漸聚集起來。那些是他過去深惡痛絕的東西，阿夕曾經光是聽見「鬼」字就不舒服。如今，他卻重新爲孤魂開了嗓，不是附屬在人類之外的法師服務，而是專爲它們而唱。

學校禮堂在小七的鎮守下，就算是蚊子鬼也飛不進去，但阿夕在台上看見滿場的人，忍不住想起被隔絕在外的鬼，又見到隨意扔下陰間眾鬼的閻王，愈想愈煩，一番天人交戰之後，決定把歡樂的大學同學拋在腦後，反正他們往後還有大好人生。

不過他已經承諾過要唱歌給媽媽聽，才會順帶把我綁架過來。

我明明是伴手禮，卻得揹上中斷公演的禍水罪名，太卑鄙了，林今夕！

四方白影以阿夕爲中心，密密麻麻地包圍著，幾乎沒有空隙。

我盯著阿夕的唇瓣十來分鐘，粗略辨認出這是分成三段的慢曲，第一部分看他微昂起前頸，應該偏高昂；第二段較柔和，是主旋律；第三段不斷重複同一個字詞到結束。我想讀懂他的唇語，但很遺憾，恐怕要等我死透了，才聽得懂鬼話。

我靠上阿夕的肩頭，雙眼微瞇；恍惚間，眼前竟下起雪來，我再看，荒野草嶺已變得白茫一片。白影隨著歌聲化散開來，從空中緩慢降下，從地面滲入，盡頭約莫是黃泉。它們在人世間徬徨流浪了這麼久，因爲他的這首歌，終於可以休息了。

咱們何其有幸，得大王恩眷？

曲終，阿夕凝望著空蕩的黑暗，好一會兒，才想起身邊還有個我在。

好可惜。我錯過了他尚存溫柔的時代，如果再早一點遇見他，就不用怨他無情地拋棄可憐的小囝魂。

他說不定也有些遺憾，要是那時能大發慈悲地抱起我，我一向知恩圖報，絕對願意放棄幸福的家庭、好男人、生而爲人的機會，把每一分魂魄都奉獻給他。

阿夕輕咳了聲，我從口袋裡掏出隨身配備的喉片。

他遲遲不接過去。眞是的，媽媽又沒有先偷偷舔過。然而，我從他的目光焦點中，發現不是口水的問題，而是戒指的關係。

我這一生，因爲得到了美滿的家、深愛我的好男人，明白了什麼是活著，再加上那個孩子，不可能全心愛著他了。

阿夕深深地闔上眼，首次因爲我結婚的事坦露出悲傷。我幾乎慌了手腳，恨不得求他展開笑顏，然而臉上卻一笑置之。

「今夕，我喜歡那種成天笑著的溫柔老傻子，如果不是以養母的身分遇到你，我們大概什麼也不會發生吧？」

要是我放棄母親的位子，貴賤如雲泥的我們就不會在一起了，所以我無論如何都不會讓步。

我不是不貪心，而是非常貪婪。

「媽，言不由衷的話就別再說了。」他沒有鏡片阻擋的眼，靜靜地看著我。

「你這孩子怎麼這麼倔強？」我無力爭辯，只戳戳他的背抗議。

「妳教出來的。」

我哈哈兩聲。他連內心戲也不留餘地給我，強把戲台拆除。

我想要永遠把他端在手心上，或許偶爾會貪婪他的回眸，但真的沒妄想過他的那顆心。別人尊稱他是國王陛下，我心中都喚他王子殿下，希望他永遠都能活得驕傲漂亮。

我的後半生，因爲有林今夕，才有林之萍，我試著去討他歡心，但還是改變不了母親疼寵孩子的心情。

「今夕，對不起，媽媽愛你。」

口頭說著分手擂台，我們卻依偎得更緊，今晚就只有彼此。他放下吉他，朝黑夜清唱起來。

那是首情歌，訴說一名男子輪迴千年才遇見所愛，他們身分不合，不該去愛卻還是愛上了她。這份情感日日夜夜折磨著男子，幾乎要令他瘋狂，對她愛有多深，恨就有多深。

但至少他還碰觸得到她，輕而易舉就能望見她的笑顏。

後來的後來，他才了解到，那些痛苦與煎熬，也是幸福的一部分，因爲最終他們沒有在一起，兩人連相守都是奢望。

我聽得好悲傷，幾乎要哭了出來。

我命卑賤，一生註定與他有緣無分，爲了活下去，可以看開一切，卻看不開他。

人間世

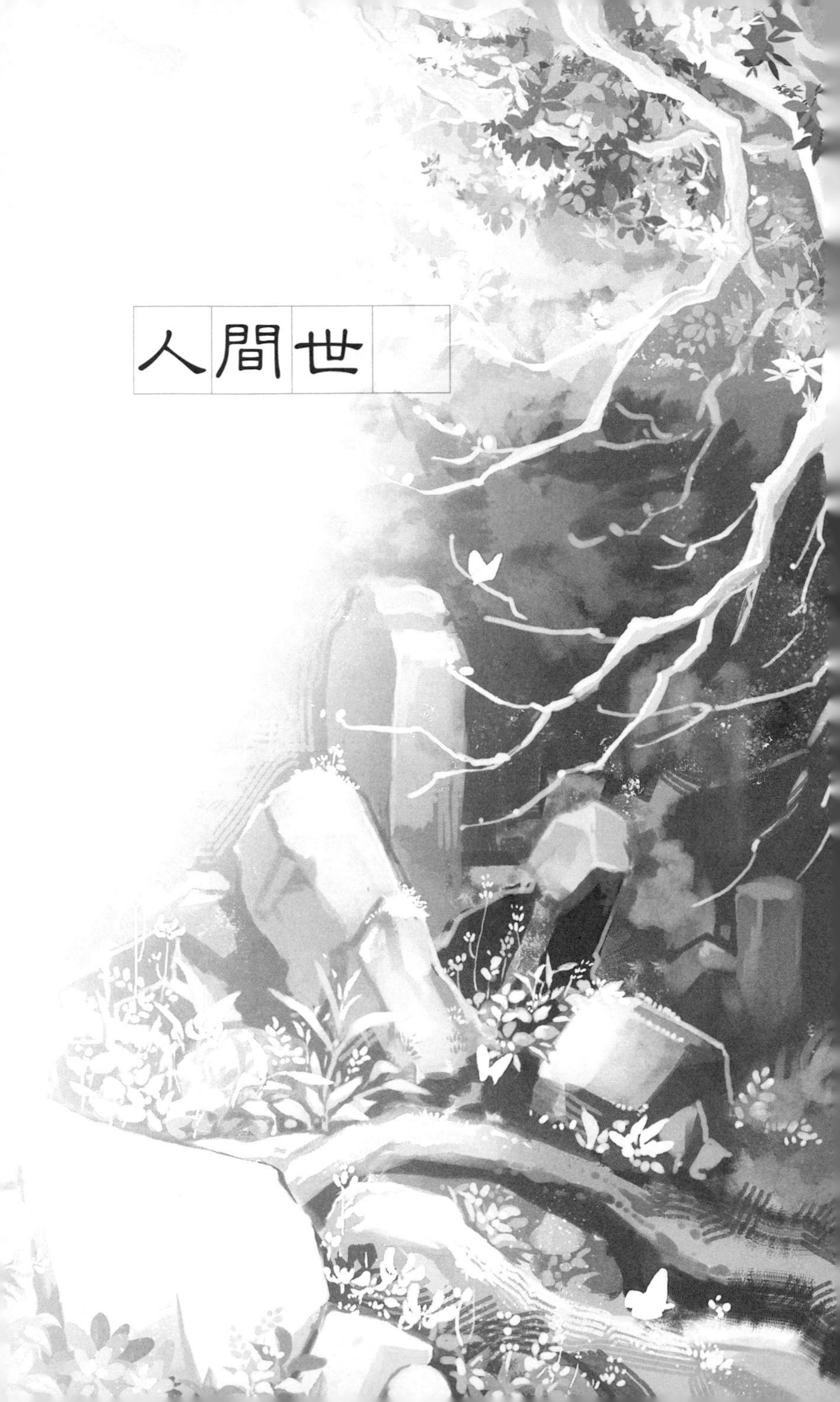

鬼子出，人間滅。

我從學校踏入社會的那陣子，不停地有孩子被殘殺的新聞，社會上人心惶惶。風頭正大時，出生率大降，育幼院接連關門，路邊可以逗弄的小孩大大減少，好不容易逮到對象可以玩，卻沒多久就被他們戰戰兢兢的父母抱走，把我這麼一名年輕美人當作虎姑婆防備。

因爲我怎麼也不算是小孩，不在獵殺範圍裡，晚上照樣到處亂晃，不時碰見穿著長袍的修道者巡視街里。想和他們搭話，他們的嘴卻塗滿強力膠，堅稱這不是俗人該知道的事。

這場把凡人和道者攪得一塌糊塗的災禍，統稱爲「鬼子事件」，大火從我二十歲燒起，燃了三年，餘燼四年，直到邪道作亂的零星之火被撲滅乾淨才消停。受到事件影響，本來式微的民間信仰又蓬勃起來，間接抬轎出「神子」，一時與日月爭光，可惜我晚了十年才得以一見神仙兔子。

就在我渾渾噩噩過著單身生活時，碰上事件最後一宗鬼子虐殺案。

是夜，星月無光，晚風颯涼，我夜遊至郊外墓地，身上穿得不少，卻不停地打著哆嗦。空氣隱隱瀰漫著線香的氣味，推想適才這片荒墳有群人來做過法事。我克制不住好奇心，跨過隔離生人與死地的紅線，望見墳地深處那塊隆起的土堆。

我走近那處新墳，耳邊彷彿響起孩子的叫喚：媽媽、媽媽……

說來傷感，每次在街上聽見孩子找母親，我都會忍不住回頭。雖然已經看過三家婦產科，但我還是認爲自己應該會有孩子。

我脫下大衣，跪在地上開始徒手扒土，愈挖愈急，指甲斷了都不自覺；掘了將近一公尺深的深洞，才看見黑鐵外皮的棺材，不是成人的尺寸。

我再挖下去，讓黑棺鬆出一端，然後低身把這個直立的小棺從墳中奮力抽起。棺身貼滿寫著血紅咒文的白符，我看得頭皮一陣發麻。

整個鐵棺封得密實，找不到空隙。我咬牙撕去一道道符咒，才聽見喀答一聲，原來被埋在底下的棺蓋另一端，是以餅乾罐蓋子內嵌的方式封棺。我掏出隨身的鑰匙，好不容易才把棺蓋撬開。

血腥味撲鼻而來，棺裡全是血水，害我差點把今天早午晚三餐全都嘔出來。血中浮著幾綹黑絲，我顫抖地伸手下去，摸到屬於人肌膚的觸感，還溫熱著，於是趕緊把裡面的「東西」抱出棺外。

是小孩子，不過六、七歲的模樣。我看他幾乎沒有起伏的身軀，應該是被血水泡得窒息，趕快翻過身急救。有心跳沒呼吸，所以要施予人工呼吸，人工呼吸需要口對口，但我卻找不到他的唇。

他的五官被紅線密合縫起，眼不能看，嘴不能哭喊。我看得手腳發軟，被這般殘忍的手法嚇得無法思考。

好在我只怔了些會兒，就從大衣翻出修睫毛的小剪刀，在昏暗的墳場瞪大眼，小心剪去他口鼻上的縫線，將他隻手可握的纖頸後仰，大口把空氣灌入他的胸腔。如此十來下，無可避免地吃下他唇上的鮮血，跟著滿口血腥。

等他恢復生命跡象，我抱起他狂奔醫院，一路上他都不省人事。

他昏迷的時候，總是叫著「媽媽」，我在床邊雞婆地應聲，似乎讓他昏得比較安穩。

待他清醒，我向他鄭重介紹民女之萍，他卻守口如瓶，怕洩露外星王子的身分。但我眼光好，一看就知道這孩子雍容的氣質來自天外王族，不是凡間的東西。

我本來向上蒼祈求讓他平安活下來就好，但當社工小姐告知找不到孩子的父母，爲他的收容處愁眉苦臉時，我的歪腦筋就忍不住抖了一下。

啊哈哈，那就交給我來辦吧！相見即是有緣。

社工小姐毫不客氣地露出懷疑的嘴臉，我用盡三寸不爛之舌，才勉強說服她讓我試試：我會去找好的工作，好的房子，甚至是好男人，營造出適合小朋友生活的環境，用心照顧他成人。

「林小姐，這不是養寵物，請妳三思。」

我不好意思地搔搔頭，把話說得保守，不適合就再換嘛，我也不過是想要個孩子。

而我其實是非常渴望孩子的，但是不能讓她發現她以為的麻煩，是我眼中價值連城的寶物。就算是對孩子本人也不能說破，要裝作是萍水相逢的善心人，讓他以為欠了我一把，直到我拿到拍板定案的戶口名簿，才露出大野狼的眞面目。

「今夕、小夕呀，從今以後，就跟媽媽在一起吧！」

他牽著我的手，幾個月相處下來，已被我洗腦到以為世上只有我能倚靠。

「答應的話，就讓媽媽啾一個當訂金吧！」我笑咪咪地蹲在他面前，滿心期待。

「不准碰我，妳這個變態！」

這就是林之萍與林今夕相識的開端。

□

「林之萍向萬隴企業的前輩們問聲好，大家早安啊！」

我從電梯急奔進新任職的公司，立定在大門口，大口喘完氣，對一室坐不到半滿的大伙用力打上招呼，試圖挽回已經慘烈鑄下的失誤。

大腹便便的總經理祕書小姐站在一旁，無語地推了下鼻尖的鏡架，在厚重的資料單打上鮮紅的叉叉。

「林專員，第一天上班就遲到，妳好大的膽子。」

「綠蘿姊姊，很抱歉，我家鬧鐘壞了、路上塞車，還日行一善地把昏倒在門口、像妳一樣高雅聖潔的孕婦送去醫院，才晚來三分鐘。我熱愛這份工作，遲到絕非我心之所願！」

祕書大姊沉默了三秒，翻了翻我的資料單。

「妳是應徵行政企劃而不是業務吧？我說一句，妳答那麼多句幹嘛？」

「我愛妳嘛！」我含淚求情。

「還有，妳怎麼知道我的名字？」

「面試的時候妳在旁邊記錄，面試官有請妳去講悄悄話。」

我本來想趁機讚揚一下公司的人事長官眞是名大帥哥，但那天看他和祕書姊姊不顧外人，當眾拉扯吵鬧起來，就覺得還是少說兩句的好。

「妳很會記人嘛？」她手中的筆沒停過，我謙虛地說還過得去。「跟我來，有些事要交辦給妳。」

她一轉頭，我著實鬆了口氣，肯給我幹活，就表示暫時不會把我踢出去了。

綠蘿女士非常幹練，一句話能說清楚的事，絕對不再多個語助詞，她知道她在說什麼，而我也聽得懂她的交辦事項，眞是我出社會以來，第一個見到重視效率、又沒把「年輕人要吃苦」掛在嘴邊的高級主管。

「林專員，妳知道爲什麼公司會從三百名應徵者中錄取妳嗎？」

我舉手敬禮：「報告長官，因爲我是他們之中長得最好的一個！」

「明白就好。我們公司剛改制，許多事務還在籌備，妳要藉著這項優勢，放下自尊和顏面，把經營推上去。」綠蘿姊姊可以無視我的熱情，跟我自然應對，我好感動。

「哈哈，我不是不跑業務嗎？」

「妳怎麼知道妳以後不會跑業務？」綠蘿祕書回了句深意十足的話；但是，儘管我等了又等，卻再也沒有下文，看來我要靠自己參透大師的妙言了。

「泡茶、掃廁所也要嗎？」

「聰明。」

我哭喪著臉，我家務從小就做得亂七八糟。

「開玩笑的，新人。身爲祕書，我最討厭被使喚去泡茶。」

她是總經理祕書，能支使這位高貴女士的傢伙，研判也只有總經理本人；於是我忍不住拐彎地詢問總經理是大男人主義者嗎？殺豬過嗎？

綠蘿小姐又在我的資料單記上「八卦」兩字，然後比向我身後。

與我有過一面之緣的面試官大哥，正帶笑站在後頭。上次他坐著，沒看仔細，那身深色西裝下，套著輕便的白色上衣，加上一雙修長的腿，眞是個有身材、有臉蛋，眼角還含著一絲風霜的中年大帥哥。

「我沒有殺過豬，也很重視女性意願。」他笑得燦然，而我則感覺臉有些發燙。

「您好，總經理先生。」

「之萍，幸會。」

他友好地伸出手，我正要回握，卻被綠蘿用板子拍下——拍總經理的手，不是我的。聽那響亮的啪答聲，總覺得很痛。

「請你自重。」綠蘿小姐眼中隱隱帶著火花，看起來像是恨意，「林專員，時間緊迫，我產期一到就要離職。新訓期間，請妳打起十二分精神學習，別被他人影響心思。」

「綠蘿，妳多想了。」總經理笑笑地辯解。

「抱歉，你連有丈夫兒女的女人都能哄騙成功，像這種沒開竅的女孩子，還是別放到你身邊。」

我目光來回逡巡於兩人之間，腦中電燈泡亮起。綠蘿小姐看向我，用眼神表示：明白了，就把總經理列爲特級危險人物，非禮勿近。

「何總經理，這是我最後的勸告，請找男人當你的祕書。」

□

我第一天上班便驚心動魄，如同置身戰地前線，兩名已婚主管隔著我，用眼神相殺。下班時候，總經理當著綠蘿小姐的面，大方說要送我回家。我抱著收好的公事包，嘿嘿笑說要去國小接小孩。他們聽了同時睜大眼，沒想到這名小仙女竟然有個國小的孩子。

想到我的心肝子，我幾乎是鼻孔噴氣地衝刺到學校。

「小夕，對不起，媽媽來晚了！」

一年級的教室只剩下他一個小朋友；坐在講台的女子望見我，立刻起身走來，在我抱到小孩之前，阻擋在我和小夕之間。

「林小姐，妳這樣不行。」她用眼角瞥了小夕兩眼，然後叫我要好好安撫小孩的情緒，才提著手工織包離開。

「余老師，辛苦妳了。」我深深向她一鞠躬致意。小夕入學時，我懇求美麗大方的級任老師多多照應，讓小夕能在教室裡等我。原本以爲待人冷淡的余老師會生氣，她卻痛快地答應，我才敢接下全職的新工作。

夕陽西下，我看那孩子蒼白的側臉映上漂亮的橙紅；他倔強地趴在桌上，任我如何拔蘿蔔，都不肯抬一下金貴的腳。我說，小王子殿下，老娘已經道了歉，你就順著台階下，原諒我吧？

他原本堅持要自己上學，但今早才試走到半路，就痛到沒辦法動作。所以，在傷好之前，即使同學們都開心地回家了，他還是得寂寞地等著媽媽來接。

「今夕，天快黑了，跟媽媽回家好嗎？」只有彼此時，通常是沒必要特別叫名字的，但這個我起的名字才啓用不久，所以沒事就愛在嘴邊唸著、心裡想著，以為叫久了就是我的。

在他之前，我沒有任何育幼經驗，參考對象只有我自己，不太清楚可以讓孩子任性多久再出聲勸導。可是，看他癟嘴的模樣實在可愛，我也耐著性子跟他耗。

「妳不是承諾要盡心服侍我嗎？」他低頭掐著制服下襬，帶著三分威嚴、七分稚氣地斥責林小媽。很少有小孩講話像他這樣照著抑揚頓挫的規矩來，清脆的嗓子摻著淡淡的磁性。

「嗯？」我睜大眼笑笑。

「隨傳隨到，不可忤逆我的意思，和我說話要平視線，妳都忘了？」

啊啊，我終於聽懂他鬧彆扭的原因，他把我以往灌給他的甜言蜜語當眞了。本來我倆吃睡都不分開，今天卻一整天都沒看到媽媽，讓他很不開心。沒給他一個說法，他就要鬧脾氣鬧到天長地久。

我在他腳邊半蹲下來，請他原諒無能的母親，手給媽媽牽好嗎？

「媽媽也捨不得你呀，在公司整天都很想你。可是，如果不上學、不上班，社工小姐又會追著我砍分，我就不能養小夕了。如果沒有小夕，就會吃不下飯、睡不著覺，媽媽就死翹翹了。」

我的眞情流露稍微打動了他，終於大發慈悲地踏出自閉的座位，逕自拐著腿往校門走去。我亦步亦趨地跟在他身後，直到他佇足回眸。

不用客氣，盡情呼喊媽媽吧！夕夕！

「我肚子餓，妳去弄點吃的。」他口氣依然冷淡，但是已非全冰，而是冰水共存的冷，只有內行人才分別得了。

「好的，今夕大人。」我順勢握住他略略遞來的小手，母親的威嚴擇日再談。

他在醫院時，寧可餓死，也不肯搭理我的問話。最後在我不屈不撓的關懷之下，他才叫我別白費力氣。他選擇讓自己沉默寡言，有部分是基於過去的教訓，「那些東西」會裝成人向他搭訕，他的眼睛分辨不出來，也只能生人亡魂一律拒之於千里之外。

雖然以他的才智，明白要小心藏好弱處，才不會受到傷害，但還是向貌似溫柔的大姊姊（我）托出祕密，足見我在他心中的地位與眾不同。後來，他想尿尿都會拉我的衣角，可愛得要命。

許久以前，就有大師對我開解，說鬼子和一般小孩沒什麼不同。小孩多疾，不仔細照顧，可能就沒有了，就算他表現得再早熟聰慧，都一樣。

他已經傷過那麼重的一回，到成年都未必能好全，不必再有災厄來督促他成長了。爲人父母，或許無法面面俱到，但至少要在孩子需要時，兵來將擋，水來土掩。

「大人，那你想吃蚵仔煎、蚵仔煎，還是蚵仔煎呢？」

他皺著小巧的眉頭：「那就蚵仔煎好了。」

□

隔天早晨，再次面臨兵荒馬亂的窘況，我把錢包、唇膏、筆記本，一口氣塞進公事包裡，急急地踩上兩隻高跟鞋，拉著兒子出門。

「早餐、早餐！」昨晚忘了買麵包，隨便從路邊攤拿兩個三明治，一個扔到自己包裡，一個給小王子。「今夕，要吃飯才能吃藥，乖！」

今夕的小手捧著三明治，一臉嫌棄。我常揣想，他失憶前說不定是哪家大少爺，不然怎麼對吃食那麼挑嘴？

我抬手看錶，不禁吱吱慘叫，時間已瀕臨紅色警戒。

情非得已，請原諒媽咪。

「妳做什麼！」小夕被我橫手抱在懷裡，展開負重式的百米衝刺。

「親一個，不要計較嘛！」雖然寶貝輕盈好攜帶，但等我發薪水，一定要好好幫他的破敗身體進進補。

他掙扎著，想要吼出口的抗議，都被我的啾啾堵住。

以前，我總是吵著給爺親親，想要明白連續劇男女主角接吻的感覺，爺爺只會彈我的額頭，說什麼男女有別。年幼的我委屈死了，我又不是自願當女孩的。山不轉路轉，我去找老母和小姑，然而見鬼的是，她們也跟爺說了相同的話。最後我拗著耳根軟的老爸，讓他蜻蜓點水地吻了下。

我終於得償所願，但老爸被小叔目擊到這一幕，被我家人拖到後院圍毆，說他禽獸不如。

所以，即使如家人親密，也不能亂啾啾，我怎麼就忘了呢？

「妳這個變態……」小夕微喘著氣，蒼白的臉泛上一點紅，恨恨地指責我踰矩，實在是非常可愛。

我心情很好地來到公司，帥死人不償命的總經理，正蹺腿坐在門口看報；我向他敬禮道早安，他挽著我的手臂走出公司。

「咦咦咦！」

「綠蘿不太舒服，妳陪我去北部洽公。談生意有個漂亮女人在旁邊，總是比較順利。」他溫和地說明，但跟沒解釋一樣。

「可是我沒上過戰線，怕壞了您的好事。」

他彎著眼笑道：「妳別擔心，我得開兩個小時的車，一個人無聊，就當是陪陪我吧？」

我戰戰兢兢地坐上副駕駛座，這位子充滿綠蘿小姐身上的香水味。

「不好意思，我可以問祕書長是怎麼不舒服嗎？我好擔心她喲！」我帶著顫音問道，希望不是我八卦亂想的那回事。

「不要緊，她只是下不了床。」總經理嘴角的弧度又上揚了幾分，帶著笑意發動車子。

就像綠蘿小姐說的，這個男人危險死了。

看我不顧行車安全，整個人緊貼車門，一臉惶恐，總經理空出右手，把我的頭搔成鳥巢。

「我不會碰妳，因爲妳和我兒子差不多大，這樣太禽獸了。」

「雖然有些失禮，但要是我父親還活著，您也和他差不多大呢！」

他一點也不覺得被冒犯，反而大笑起來。我第一次見到如此的男子，瘋狂而充滿魅力，好在我的心理預防針有打夠本。

我都已經拿出記事本，打算盡職地擔當一日祕書，總經理卻把我載到百貨公司，我看著他一個大男人熟練地在專櫃前挑選衣服。

「小萍，去換上。」他把剪了標的套裝扔到我手裡，指向更衣間。

我縮著手腳，湊到他身邊耳語：「老大，我不提供床上服務。」

「去去，再囉嗦就從薪水扣。」他擺擺手，我「哦」了一聲。衣服換到一半，他敲敲門，又拎來一雙金屬扣的酒紅色女鞋。「妳梳個髻，留些劉海，讓自己看起來再成熟點。」

我改好包裝出來，總經理品評了兩眼，表示滿意。

「嘿嘿！」我做了一個大明星登場的手勢。

「別笑，傻氣都冒出頭了。」他也跟著笑起來。

吃過飯，總經理也容許我打包剩下的午餐之後，總算要展開商場間的鬥爭。

總經理說，本來代理權都談好了，但他前陣子和董事長鬧翻，董事長帶走許多合作的老客戶，他年輕時打下的基業幾乎毀於一旦。雖然兩敗俱傷，但他總算能開始掌控自己的事業。

「我把創業的伙伴都移到分公司避風頭，現在本部只有綠蘿和妳是我的人，其他人日後我都會汰換掉。」

總經理雖然總是笑著，但一講到公事，就會冒出事業主的霸氣，剛柔並濟，雙管齊下，完全是女人的剋星。

「張總，這是之萍。之萍來，見過張總。」總經理用手刀劈了下我的後腰，我立刻回過神來，換上端莊的笑容。

比起我家總經理，張總才是總裁的典範。中年禿又中年發福，笑容充滿銅臭味，還有打從心底那股高人一等的優越感，讓我品評異性的基準線，從總經理這妖孽給校正了回來。

張總不時地打量著我，總經理也跟著曖昧笑笑，一個眼神交會，張總開心了，對總經理的敵意解除了大半。

張總身後跟著一名胖子青年，低著頭，神情抑鬱。我見張總和總經理老大聊到稱兄道弟，張總也沒引見他給我們認識的意思。

總經理從自己的公事包裡抽出一疊亂七八糟的資料，他兩手並用，有的還用嘴咬著，終於從裡頭找到了需要的文件。果然人無完人，我心裡平衡了一點。不過，這也算代理祕書失職，但是張總只注意我的乳溝，沒有懷疑我的專業。

「這份企劃是誰寫的？很有條理。」總經理在車上可不是這麼含蓄的，直嘆「人才人才人才」。他說翻看完敵對公司所寫的標案，整晚讓他興奮得睡不了覺。

張總哼了聲，比向身後的胖子。

「國外留學回來，說是雙碩士。哈，會唸書有什麼了不起？還不是在我底下當狗使？」張總輕蔑地笑道，胖子青年暗暗握緊拳。「說到祕書，還是要找像你身邊這種美人，帶得出場，也帶得上床。」

「哎喲，我只是代理人，本職是公司掃廁所的阿婆，承蒙張總不嫌棄！」我三八地晃了晃右手，枉費總經理之前提醒我閉嘴微笑，我還是故意開口破功。

張總怔住，總經理聽得大笑。小胖子祕書抬頭看了我一眼，我也朝他友好地一笑。他立刻撇過頭，抹掉鼻間的油光。

「小萍，妳又來了，晚上可要陪張總吃飯賠罪。」

我低頭應好，百依百順得像是可以隨意掐揉的小綿羊，然後總經理就熱情地搭著心思飛到今晚甜蜜時光的張總，進去小會議間密談。

他們一關上門，我便往胖子祕書湊過去，沒想到他拿起資料就走，不給我搭話的機會。

我才要喚住他，他突然轉過身，冷淡地質問：「妳對得起生養妳的父母嗎？」

他把我當成關係隨便的壞女人，也不聽我辯解，就氣憤地離去。

等總經理出來，打手勢給我，要我見機行事，我也暗暗比了蓮花指回應。

我陪張總在會客室裡小聊了一番，讓他知道我悽苦的身世。他特意露口風，願意提供金錢上的資助。我為難地笑著，推拒說需要一點時間考慮。

張總翻臉，雖然我不知道哪裡得罪他；他斥責我不知好歹，雖然我不知道哪裡錯了；然後他又大發慈悲地軟下口氣，希望我好好考慮。

「張總，我知道你對我好，只是我快拉出來了。」我抱歉地一笑，作勢奔向廁所，這招就叫作屎遁。

我從逃生梯奔跑下樓，見到肩靠著牆、十指插著褲袋、故作瀟灑的總經理；不用明說，我們就伸手擊掌，掌聲非常響亮。

總經理帶著我駕車逃逸，臨走前還被出來倒垃圾的小胖祕書撞見。看他吃驚的樣子，總覺得好有趣。

回程時，總經理把車窗拉到最底，沿著濱海公路吹風，海風把他梳得齊整的髮絲吹得整片揚起，看起來年輕許多。他說我讓他想起第一任祕書，也是這般合作無間。

我雖然生嫩，但也聽得出那是懷念情人的語氣。

「她呢？」

「病了，連我都認不出來。」

我一時間接不下話，心頭和西邊的日頭一樣半沉著。

「美人計很成功。」總經理打起精神，對我笑了笑，「衣服和鞋子就賞給妳吧，小萍兒。回去記得跟綠蘿報出差費。」

我歡呼過後，想起代理祕書的身分，稍稍板起正經的臉。

「這樣張總不會生氣嗎？」

「他不值得妳出賣色相，我要拐的是他祕書。」總經理奸詐地笑著。說實在話，這壞男人眞是風采迷人。

□

隔天，我一進公司，就看見昨天那個小胖子祕書，瞬間亮起雙眼，哈欠都一口嚥下，當他是磁鐵般地撲上去；這次一定要套牢交情。

他捧著自己的履歷，看天看地就是不看我。

「有什麼事嗎？」我極力地表現出最親切可人的一面，放鬆他的戒心。

「何先生請我過來。」他憋了很久，才擠出一句話，跟我家小夕一樣彆扭，但他大了我家小夕快兩輪，旁人不會對他寬容，這樣很吃虧。

「我是之萍，林之萍。」我循循善誘，讓萍萍仙子好好來認識你吧，胖胖。

「王志偉。」

「那麼，志偉，我們從此就是革命同志了！」

「妳怎麼能隨便直喚別人的名字？我和妳熟嗎？」

和他油亮的外表不同，胖子偉的態度一點也不圓滑，眉頭總是豎得老高，好像全世界都欠他一屁股的債。

我忙著估量他這個人，沒有立刻回應，他就以爲我生他的氣，扭頭不再說話。

怎麼人胖呼呼的，內心卻這麼纖細呢？

一波未平一波又起，在我努力想實行總經理老大交代的美人計時，冷清的公司來了新的訪客，我和那名冷艷的女人一對上眼，都認爲對方非我族類。

「媽，就說我不適合工作，那些人都在背後笑我。」女人身後跟著一名怏怏地扯著領帶的青年，二十來歲，那張英俊的面容辨識度很高，沒瞎都看得出青年和總經理有著非比尋常的關係，約莫是他提過的獨子。

青年見到我，萎靡的精神陡然一振，眼睛亮了亮。

「叫何萬隴出來！」女人君臨天下般地一喝，氣派十足，對象就算在大便，都會嚇得提著褲襠跑來，可惜公司目前只有我和小胖胖。

「您好，總經理夫人。」我諂媚地迎上前去，貴婦人用帶刺的目光掃射了我一番，敵意深厚。

「我是這間公司的董事長。」

「董事長早！董事長請坐！董事長我去泡茶！」我腦中飛快地排列出食物鏈，這名女大王一句話就能炒了我，無論如何，得先討好她再說。

我抓著一聽到她是大老闆就垮下臉的胖子，往茶水間走，沒兩步就被那個憨笑的青年喚住。

「我的咖啡要加兩顆糖，不要太燙！」

「好的，很榮幸爲您服務！」

青年笑出聲；幽默感受到肯定，讓我不由得竊喜兩下。

一到茶水間，我立刻阻止了要撕掉履歷的胖子同志。

「胖胖，不是你看到的那樣，主事者的確是總經理老大。現在是本公司的危急之秋，急需你這個棟梁進駐。緩緩氣，來，吃蛋糕……這誰的點心，都過期了……哎哎，總之，我去招待董事長，你隨便坐，千萬不要想不開。」身爲早兩天進門的前輩我，務必要留下可供奴役的後生。

「別叫我胖子。」他靠著牆面，看起來非常疲倦。

「你怎麼可以歧視胖子！」我用正義的眼神指責他，人不可以背棄聖賢教誨，胖吾胖以及人之胖胖。

「妳說話可以有點邏輯嗎？」他的精神因爲怒氣而直衝上來。

「我是仙女下凡，當然可以不在意人世的規矩。」

「什麼東西！」

我成功地拖延住胖子，端出過期蛋糕和即溶咖啡招待貴賓。董事長沒理我，只是重複撥打電話。少董事倒是開心地吃起點心，就像個小孩子。

我不擅長照顧人，但大概是最近養了孩子，母性爆發，自動抽了張面紙擦掉他右頰沾上的奶油。

「謝謝。」他看著我笑，我覺得胸口好像被什麼毛茸茸的東西撓了一把。

董事長沒預警地摔下電話，我們兩個都嚇得繃起身子。

「媽，爸只是沒接手機，妳不要反應過度。」少董好聲勸道。

董事長惡狠狠地瞪向我。我咦了聲，林萍萍何其無辜？

「你要我怎麼靜下心？那女人肚子裡的說不定是他的雜種！我還不是爲了你！」

少董無奈，低身撿起傷痕累累的話筒；正巧電話響了，董事長接過，不曉得是什麼好消息，她眉間的烏雲散去一片。

董事長拎著柏金包起身，來的時候像陣風，走得也毫不留戀。倒是少董一臉的依依不捨，離開前在我耳邊問了句：「妳幾點下班？」

我比了時間，他漾起笑，向我揮手道別。

我回頭把胖子從茶水間帶出來，把最靠近總經理辦公室的獨立大座位亮給他看，誠懇地轉達總經理老大的意思：他老人家求賢若渴，願對王先生以國士待之。

「事業主都是說一套做一套。」小王同志是個悲觀的人。

「我們以後別這樣就是了。」我見識過總經理的兩把刷子，對未來抱持著美好想望。

同事們陸續進場，我持續一貫的裝熟大計，向他們打探公司內情。不少人見我漂亮可愛、氣質出眾，對我示好，我卻滿腦子少董的笑容，就算中午和胖子一起吃便當，也還是沉浸在粉紅泡泡裡。

「妳幹嘛笑得這麼噁心？」

「胖胖，有人喜歡我欸！」

下班時分，他如約現身。

我見少董倚在公司門邊，自以爲瀟灑，比起總經理那種渾然天成的男子氣概，就像小孩子扮家家酒。

「小姐，請問芳名？」他兩指夾著名片，在我眼前晃了晃，「一起吃個飯吧？」

我接過名片，這樣就算和龐世傑這個人認識了。

「我很高興，可是今天不行。」

「我知道，妳們女人都喜歡裝忙，我不一定長留台灣，就答應我吧！」

「對不起，我趕著去接我的寶貝。」我喜得少董賞識，不過也就這樣了。

他呆了下，跟著我走樓梯下樓，再開口時有些結巴。

「妳是說，妳嫁人了嗎？」

「還沒，但是我有小孩要照顧。」

「幾歲？」

「小一。」

他眼神有些呆滯，還失足踩空一階，差點滾到最底。

世傑，我們笑點相近，以後一定能成爲好朋友……我都已經想好後步，相信能藉著和龐少董的友誼，跳著飛黃騰達。

他卻怔怔地表示：「我也有個孩子……」

「眞的嗎？」我的興致被小朋友給一把釣了上來。

「忘了打包回來，留在美國。是一個這樣大，白白軟軟的抱枕，我都叫它Baby。」他說起來有些恍惚，我以爲是捨不得「寶貝」的關係。「我想，自己的小孩應該也是長那樣子。」

「我的寶貝也很可愛，常常不想跟我說話，卻又很黏我。」

「眞好，從我有記憶以來，爸媽總是在吵架，想撒嬌都不知道該找誰。」我強把已經到嘴邊的「找我」呑回去。之前丟工作，就是因爲害兩個男同事爲了誰是我假日的護花使者而打架，也才知道沒有想當人家情人，就該把渾話收斂點。

「之萍，等妳有空，妳再多說一點小孩的事給我聽。」他自然而然地牽起我的手，溫度跟著漫上我的心頭。

龐少董沒有因爲小孩而對我有差別待遇，於是我初步研判，他應該是個好男人。

因爲跟帥哥聊天而耽擱了一點時間，果然，一到學校，小夕就以冰塊臉來歡迎我。他的級任老師小余姊姊，也忍不住訓斥我這實習媽媽：「林小姐，這樣不行，要多用點心！」

我連連哈著腰，然後不顧寶貝意願，直接把座位上的小夕打包回家，惹得他大少爺吃完一整碗麵線糊後，還是不跟我說話。

我們回到租用的套房。這個「家」，憑良心說不出一個「大」字，沒有像樣的家具，一房一衛再加上瓦斯停用的小廚房。我和兒子一起睡在單人木板床上；起先他有些彆扭，但貧窮爲不可抗力，他也就認命地當我的冬日小暖爐。

「對不起，媽媽要開始學習成爲了不起的社會人士，要把握時間。」新家沒有來得及添購桌椅，我在床下盤腿，一邊看報表一邊對筆記，還要消化打聽來的八卦，忙碌得很。

小夕刷牙洗臉後，上床背對著我捲起被子，把媽媽拋在一邊，沒有同志的革命情操。

「言而無信。」他咕噥一聲。我過去蹭他，他又不理我了。

我看報表看到打盹，聽見呻吟聲才醒來。本來睡得安穩的兒子，變成四肢屈跪在床上，身子僵硬，臉上冒著斗大的汗珠，緊閉著眼，牙關不時發出咔咔聲響。

「小夕，聽得見我說話嗎？」我嚇壞了，過去把他抱在懷裡。

我還以爲這房子乾淨，沒想到又有東西纏上來。

我抱著他，他猛然睜開眼，原本清澈的雙目赤紅一片，目光怨毒，好似痛恨世間的一切。

「不要阻礙我，讓我出去！」小夕發出成年男子的瘋狂嗓音。

我嚇得有些舌頭打結，討好地問道：「那你想怎麼樣？」

「毀去肉身，重現於世，血洗人間！」

「啊啊？」我聽說陰魂牽去一條命就很了不起，竟有如此大志向的鬼魅。

大概是我打量的目光太明顯，他喝斥我無禮，我乖乖地道了歉。

「呃，換句話說，因爲你附在小夕身上出不來，沒法作亂，所以很生氣，是嗎？」這隻魔神仔不是外來者，而是小夕與旁人相異的內因，「如果你有離開我兒子又能不傷害他的辦法，我可以幫忙一二。」

就之前處理小夕被鬼壓的經驗，鬼的思緒片面執著，很少能講道理，但看「他」的眼神和談吐，似乎有一定的水平，試試看也好。

「妳兒子？」大鬼稍微冷靜一點，「對，沈芝蘭那個賤人出賣了我，你們所謂最偉大的感情，也不過爾爾。」

他口中冒出的女性名字，讓我心頭直打鼓，好像是有一天會出現在我家門口把小夕帶走的假想敵。

他兩手猛然用力掐住我的肩，一種不屬於小朋友的蠻橫力道。我悶哼一聲，讓那雙紅眼貼到我面前。

「而妳又是誰？」

「我是林之萍，芳齡二十少少許，目標是嫁個好男人，養一堆小孩，因為小孩子很可愛！」

房子陷入短暫的死寂，附在小夕身上的大鬼，可能不知道該怎麼接話。他不說話，就像網球比賽揮空拍，發言權又回到林之萍這方。

「那你又是誰？只敢欺負小孩又個性陰沉，你要怎麼吸引好女人？啊？」

他再凶狠，也是頂著小夕的小臉，嚇唬不了我。而且他好像有點近視，得近距離才看得清我眼中是否藏著謊言，也就讓小夕熱呼呼的臉頰貼在我唇邊。

我忍了又忍，實在克制不住，在被鬼討命之前，趕緊一口氣連啾了好幾下兒子的頰肉，大大滿足了壓抑數日的母性。

「呼呼，小夕你好可愛！」

「妳好大的膽子！」

仔細想想，林之萍這輩子還眞沒有不敢的事，啊哈哈！

「鬼先生，我教你，要對女孩子溫柔一點，愛要表現出來，對方才會明白。不過明白是一回事，對方會不會愛你，就不敢保證了，你失戀了可別回來尋仇呀！」我又一次截斷他的話，他恨不得掐死我洩恨。

「我再問一次，爲什麼妳的魂魄沒有輪迴的記錄？妳到底是誰？」

我本來想反問回去，「沒有記錄」是什麼意思，但看小夕額頭流個不停的冷汗和寒顫，似乎正在承受極大的痛苦，我必須速戰速決。既然他有部分屬於小夕，說不定我有法子壓得下來。

「你聽好了，三界開天闢地以來有兩名大神，天帝聖上與鬼王陛下，而我可是鬼王祂娘親，你休得放肆，給我滾回去睡覺！」我伸手彈了他額際，他咬牙瞪視著我。「林今夕，快睡！」

「妳區區一名婦人，也敢給我取名……」他的血眸被迫闔上半雙。

「這是我作爲母親的本分。」

他癱倒在我懷中，不省人事。我摟著小寶貝，憂愁得失眠三分鐘，也跟著呼呼睡去。

□

「胖子，哦嗨唷！」

我因爲帶小夕上學而早到，沒想到小王同志早我一步，不愧是上進的好青年。

「早。」他從辦公桌隔板看了我一眼，又低下頭打資料。

我還在培訓，他已經能接下綠蘿小姐的職務，這就是菁英和頹廢美女的差別。

我咬著加蛋蔥抓餅湊過去，他注意到我，皺眉盯著掉滿他位子的餅屑，又瞪向吃得像豬的我。

「有事？」

「沒啊。」我只是習慣看到人就客燒。

他精明的腦袋好像沒有對付我這種麻煩的解決方案，我在他旁邊亂繞，讓他如坐針氈。體貼的我搜索枯腸，總算想到一件要事來緩解他的尷尬。

「志偉，被鬼附身可解否？」

我不抱期望，只是看他一副科學人叢書的樣子，應該會斥責我怪力亂神，然後我可以順道壓壓驚。

「妳看起來不像被壓過。」

我心頭一驚，難道碰上大師？

「是我兒子，突然變個人似地，不過醒來又是我寶貝。」

他敲鍵盤的十指頓下，態度冷下兩分：「叫妳丈夫去處理。」

「我沒有老公啊，你要當我老公嗎？」我對他搧了兩下眼睫毛，無辜得像隻小白兔。

他猶豫那麼久才張開口，我還以為他要豪氣應下，卻只罵了聲渾蛋，太令我失望了。

「其實，我也沒有老婆喲！」

「閉嘴！讓我好好想想。」他粗胖的十指擱在雙下巴沉思，我看了有股想掐肉的衝動。

「只有昨晚嗎？妳有帶他經過什麼不乾淨的地方？」

「呃，我家寶貝好像有陰陽眼。」我將撿到今夕的過程一五一十地告訴他，把他當作我新認識的閨中密友。

「這種來路不明的東西妳也敢要，妳這個瘋子！」他看我就像看個神經病。

「你為什麼要一直罵我？偶爾誇我兩句不行嗎？」我可是受了很多委屈，所以我眼眶泛淚。

「我不是存心……」他看我哭，整個手足無措，幾乎要把鍵盤翻過來，而我只需要一張面紙。

「作爲補償，你要讓我捏你的下巴。」我含著淚泡，天見猶憐。

「去死吧妳！」胖子偉氣到後來，就像顆洩氣的胖球，「這事件不是偶發，而是他體質本就招鬼，不要有一勞永逸的想法。」

先生有理，我虛心受下。

「妳最好趁早放手，這樣特殊的孩子，不是妳一個女人養得起的。」

他勸一句就算了，但又來一句，就有眞心勸離的意思。看他認眞替我著想，我也不能隨便敷衍過去。

「有的小孩，像我生來就是漂亮的琉璃珠，愛笑會黏人，爸媽吵架也能裝傻勸上兩句，我家人把我養得隨時都能轉送出手，而那孩子可是曖曖含光的鑽石原礦。我的鑽石寶貝雖然脾氣硬得很，但若不小心捧著，摔下去仍會碎成一地。」

「妳把未來賭在他身上，要是他長大後遺棄妳呢？」

「那也是以後的事，就算他有負於我，重來一次，我依然會照顧他成人；我沒有拿他押寶，只是愛著他罷了。」

小胖不再浪費口舌，撕下桌邊便條紙，寫了地址和人名給我。

「公會旗下的法師妳問不起，這間是離市區最近的觀宇，我可以帶妳……」他還沒說完，綠蘿小姐就挺著大肚子喝止上班閒聊，抓我進祕書辦公室加強訓練。

我把便條紙匆匆收好，到下班都沒機會再和胖子談話。

一下班，公司門外就遠遠傳來「之萍——」的呼喚，龐少董抓著一朵玫瑰，小跳步地奔來我面前，沒先打暗號就一把抱住，篤定我不會告他性騷擾。

「約會！」

「等等，我要帶小孩去收驚！」沒想到他看起來沒什麼肉，力氣卻不小，拖著我往外走去。難怪從小老媽就教我不要小看男人，我爸又補充一句，尤其是長得不錯的男人。

「好，一起去！」龐世傑牽著我的手，開心地奔向大樓出口的夕陽。

「啥？你真的有在聽我說話嗎？我不是要去愉悅地踏青啊！」

龐少董竊笑地轉過頭：「之萍，我有車喔！」

小胖給我的地址在山區，我還沒想到上山的方法，龐少董的這一番話，倒是點醒了我。

「大恩大德感激不盡！」趕緊來討好司機大爺。

龐少董很滿意，像個小朋友沾沾自喜。他看著電梯門的倒影，突然轉過身，我也跟著回頭望。

「志偉，你也趕下班啊？」

他別過頭：「不關妳的事。」

「就是你把那台破機車停在我的車位？」龐少董語調明顯上揚。

「一個對公司完全沒有生產力的傢伙，憑什麼佔用公用停車位？」王小胖毫不留情地對少董砲火全開。

「那台小五十竟然載得動你這身肥肉？看你拿著車鑰匙，你該不會想用那台破機車送之萍回家吧？」

王小胖漲紅著臉，是憤慨的那種赤紅色。

「志偉，我好高興喔！早上才跟你提起小夕，你就這麼愛護我們母子倆，眞是個好男人！」

「妳閉嘴，給我閉嘴！」現在胖子的臉轉回害羞的粉紅色。天啊，我眞是太罪惡了。

龐少董推著我的肩膀進電梯，隨即用力按下關門鍵。我看著胖子被阻隔在外，樓層燈開始往下。

「之萍，妳先答應我的，不可以食言。」

「你講話怎麼喜歡嘟嘴?」我深嘆口氣，總經理交代的美人計大業，已壯烈成仁。

龐少董趕緊抿住上翹的雙唇，他幼幼班的言行，應該不是一天兩天的事了。

「我不是罵你，其實還滿可愛的。」我拍拍他的頭；實在不能怪他，要怪也要怪沒把他教好的總經理。

他笑了起來，上半身靠在我肩上，沒有半分生澀，好像我們已經是相識許久的情侶。

「之萍，我剛回國，一個人好寂寞。如果妳需要人陪妳和妳的小孩，第一個找我好嗎?」

我的肩頭略略鬆下，讓他靠近了些，變成我主動偎在他胸前的樣子。說眞的，實在很溫暖。

於是，我搭著高級轎車去接小夕夕。

本來還算有禮的余老師，看我屁股後跟了一個龐少董，直接起身從教室前門離開，招呼也不打。我知道聲稱單身沒三天就多了男人很糟糕，但她也不讓我解釋兩句。

我又嘆口氣，然後變臉綻出最燦爛的笑容。

「寶貝，媽媽來接你了!」

小夕不爲所動，警戒地瞪著多出來的男人。

龐少董倒退半步：「之萍，聽妳誇得多可愛，我還以為是小天使，可是他看起來還比較像地獄來的魔鬼。」

「你不要亂講，小夕在我心中無比可愛！」我雙臂抱緊兒子，忿忿地抗議少董沒眼光。

「明明就很醜……」龐少董不明白什麼叫母親的眼睛。

以我對小夕的認識，不給他三跪九叩，他絕對不上陌生人的車，但我只提到去給高人看兩眼就能避免見鬼，他就安靜地坐上後車座。

「世傑，謝謝，麻煩你了。」

龐少董從後照鏡凝視我們母子倆，困惑的眉眼慢慢柔軟下來。

「我好像見到小時候的自己，只是我母親從來不牽我的手。小希，能有這麼好的媽媽，你眞幸運。」

就算他這番肺腑之言讓我好感動，我還是得糾正他：「是小夕。」

「哦，都一樣嘛！」龐少董又嘟起嘴來。

□

小王給的地址，地上物是一間民宅，應門的也像一般老來退休的良民。

我說明來由，老先生聽著沒什麼反應，直到我把小夕抱到他前頭，他的瞇瞇眼才睜成杏仁果。

「一定有什麼弄錯，他這種命，不是出世在富貴人家，就是早夭慘死，怎麼會落在妳一個平凡女子手上？」

「緣分吧？」

「妳註定該有緣無分，又哪裡能有親緣？」

小王介紹得好，我敢肯定這是個高人。

「請問有沒有辦法不要讓他被髒東西糾纏？」我拉起小夕的兩隻小手，做出合手請求的樣子。

「送出家修行，一勞永逸。」

「一勞永逸是針對我還是他？我不怕吃苦的。」

老先生被我拗得眉頭打死結，從裡頭拿出裝著透明液體的紅酒杯，要小夕喝下。小夕在我臂彎裡沒有回應，再抬起頭，又是我昨夜見到的血眼珠；他凝視著老者，我趁機抓過酒杯灌他的小嘴。

三秒後，小夕睡沉在我懷裡，乍看只是個不勝酒力的小孩子。

「小姐，這隻鬼太凶猛，我實在無能爲力。看妳一片善心，奉勸妳幾句：妳的強運補起賤命，他卻是貴命歹運，足以剋除妳所有運勢，妳最好早日放手，否則連命都會賠下去。」

我來不及發話，老先生就把門板闔起，裡頭傳來上鎖的清音。

我頹喪地離開，龐少董則是傻笑地站在籬笆外邊，完全不明白發生什麼事，只覺得速戰速決眞好。

回程和來程一樣，我在後頭抱著暖呼呼的兒子，垂頭嘆氣。

「之萍，妳這樣一個女人家，實在好辛苦。」龐少董堅持找我聊天，我虛弱地應付兩句。

說不辛苦會下拔舌地獄，我和小夕光是爲了找到睡得安穩的房子，已經孟母十八遷，但就是捨不得埋怨。

「小孩子也需要爸爸，不是嗎？」

我坐起身子，看向龐大公子。身爲揹負各方責任的富家子弟，他不該隨便說這種話討女人歡心，有點良心的男人都要明白才對。

「妳嚇到了吧？」他笑了笑，猜得沒錯，「我也不知道自己怎麼會這麼在意妳，覺得跟妳在一起很開心，我媽也叫我快點成婚，我們就試試看吧？」

「你眞的願意照顧我們母子倆嗎？」我講話有點抖，眼眶掛著欲下墜的淚。

他停下車，把心防垮台的我連同小夕一起抱得牢緊，溫柔地吻去我的淚水。

「我願意。」

□

不出三日，公司裡人人皆知我和少董好上了。

我打招呼都沒人理會，連綠蘿小姐也不能諒解，擱下指導我的進度，叫我去坐公關的位子。

後來，綠蘿小姐回心轉意，把一臉小媳婦樣的我叫回祕書室，因爲她判斷我被花花公子騙去的可能，大於我來公司就是爲了釣上金龜婿。

「小萍，那家的男人都不是好東西。」綠蘿小姐留下這句箴言，隔日就因車禍住進加護病房。

她沒有再回公司，是總經理幫她收拾私人物品。我問起綠蘿小姐的情況，總經理只是苦笑，他倔強的祕書只接受保險理賠和最後的月薪，發誓死都不會回到他身邊。

總經理在祕書室呆呆待了整天，隔天又帶來一名美艷無雙的女子陪他應酬，不過女子只是頂著「特助」的名牌，祕書一職就這麼空下。

我這個學一半的新任專員，像個浮萍般，在公司裡漫無目的地漂流，總覺得月底就會被炒掉。

「志偉，你能不能帶我？」我想來想去，也只能去抱胖子的蹄膀了。

「妳不能佔用我上班時間，要另外安排。不過妳這麼忙著約會，應該下班也不會有空。」他冷言冷語地刺著我，革命情感蕩然無存，我快哭了。

龐阿傑當天下班來接我，我跟他說起進修的事，大力懇求他身代母職接小夕。他說早想到一個好方法，只要給小夕報名安親班，這樣放學就有專人接送，下課還會貼心地送回府上。

我和小夕商量工作的事，他面無表情地答應下來。

於是，我開始昏天暗地的晚歸生活，龐世傑依然晴雨無別地在公司外等我，帶著快餓死的我，在外頭吃個大飽才回家。入門已三更半夜，小夕都用屁股背對著媽媽。

我總是寡廉鮮恥地環著他入睡，沉浸在充實的生活裡，而沒有注意到他的異狀。

□

那天，一如往常地跟胖子說完再見，就奔向男友的懷抱，一起去吃飯。

世傑知道我吃相差，特地要了看得到繁華街景的包廂，等我飽食後腆著肚子打嗝，又叫來兩杯調酒。他要開車，所以兩杯都給我解渴。

他講起家裡的事，小時候怎麼也懇求不到父母的愛，後來就自暴自棄，年少幹了不少糊塗事，曾經想過要自殺。

「我什麼都學不好，就是個廢物。」他一臉無謂地說出這種話，好像早認定自己一無是處。

「阿傑，你絕對不是什麼廢物！」可能酒精作祟，我說得格外激動，「遇見你是我最幸運的事，你是我們母子倆的大英雄！敬英雄爸爸！」

他被我逗得開懷，我撲進他懷裡，說喜歡看他笑，他笑起來很溫柔很好看，最喜歡他了。

「之萍，妳今晚可以留下來陪我嗎？」

我來不及反應，就被他整個人按在身下；他寂寞無比的話語，輕輕地在我耳邊撓著，我無力掙脫。

「之萍，求妳，愛我。」

我隱約聽見孩子的泣音，夜半驚醒過來。

床邊的龐公子看我對著房間時鐘發怔，起身把我摟回被窩裡。

「之萍，妳別擔心，我會對妳負責。」

我這才回想完今夜的跑馬燈，拉起被單半覆著臉，嬌滴滴地笑道：「妾身已是少爺的人了，今後請好好疼愛萍萍。」

「妳眞的好可愛。」龐世傑低低笑道，抱著我的背又進入夢鄉。

其實我想說的是：親愛的，能不能送我回家看小孩？

再叫醒他的是董事長的電話，他一邊答話，我一邊穿好他的西裝，把他領帶綁得亂七八糟，好丟人。

「媽，沒事，我只是在朋友家過夜，好好，我馬上去接妳。」他低頭吻我的額際，抱歉一笑。「之萍，麻煩妳自己坐車，我先走了。」

我有種被仙人跳的錯覺，目送他的轎車遠去。我把身上所有的財產掏出來，湊不滿一趟計程車錢，只好沿路問著清早出門運動的阿伯、阿桑，徒步回家。

我本來還慶幸自己體力眞不錯，早餐可以多吃一顆包子；直到打開家門，看見小夕倒在玄關的身影，當場軟腳，連滾帶爬地過去抱起孩子，怎麼叫他都沒有回應。

他腹間有奇怪的紅痕，我掀起衣襬，密密麻麻的都是掐捏的指印，新舊交雜，最深也最新的那道在他的左胸口，似乎有誰想一把抓出他的心臟。

我把孩子送到醫院，在急診室撥打電話，阿傑沒接，再打給公司。

「喂，不好意思，我想請假，今天的會議……嗚嗚……」

「林之萍？」聽到這聲音，我不禁放鬆下來，是志偉親親。

「麻煩你了，親愛的小王同志，我之後再請你吃飯，再見！」我成功抑住哽音，裝作是感冒流鼻水。

診療過後，白袍大夫說他只能推測是驚嚇造成的換氣過度使小夕昏迷，但他身上忽隱忽現的手印，實在無從說明，嚇壞了兩個實習小護士。

醫生幫我把小夕抱到小兒病房，負責的護理師一見到我們，二話不說地抽出「林今夕」的名牌掛在床尾，因為月初小夕才出院，不到月底又回來了。

我覺得非常羞恥，沒有資格當母親。

我握著小夕的手，在床邊用力瞪大眼，自以為這樣妖魔鬼怪就不敢明目張膽地來害他，一直到天色暗下。

「先生，你老婆、小孩在這一房。」

我聽見護士小姐引導的聲音，門外傳來由遠到近的急促鞋聲。

「阿傑！」我喜出望外，沒想到打開門的是滿頭大汗的小王，「志偉，你怎麼來了？」

他瞪向病房門把，好一會兒沒出聲。

「妳，小孩還好嗎？」他看向床上的小夕，有些訝異那身悽慘的病容。

我抖著雙唇：「不好……」

「妳臉色好差，有吃飯嗎？」

「不會餓……」

「妳不要哭，看了就心煩。」胖子掏出一疊折好的衛生紙，「妳想吃什麼？」

「山豬燒烤……我想吃油滋滋的五花肉……」我盯著他的肚子大哭起來。

「算了，妳哭吧，然後閉嘴。」

小夕被我嘈雜的哭聲弄醒，他投來一個睏倦的眼神，我立刻跳上病床，把寶貝緊緊擁在懷裡。

「妳作息不規律，別吃得太油膩。」小夕用他蒼白的小嘴接話，我悲從中來咂嘴兩下。

「妳做什麼？滾開！」

他推開我，昏沉的腦袋才發現病房裡還有外人。胖子和小夕隔著我對看了一陣。

「林之萍，他現在沒有被附身嗎？」

胖子問得沒頭沒腦，但我還是往他身上揉了一揉，確定這是可愛的小夕。

「這個男人又是誰？」小夕敵意濃厚地問。

「是男友乙，來，叫阿偉叔叔。」我帶著歉意向兒子報告；嘴上說忙得沒法照顧他，卻四處招蜂引蝶。

小王同志聽了，用力踹了我的小腿腹，害我哭叫了好一會兒。

志偉一直待到我們母子倆吃飽飯再走，我看著他的背影，忍不住去拉小夕的爪子。就算我神經掉線，也隱隱明白自己錯過了什麼。

我向小夕再三道歉，保證這種事不會再有。他只是默然，不再那麼相信我的承諾。

□

那晚之後，龐少董就失聯了。

我是代表公司參加發表會時，才又碰見他；他一手捻著菸，一手拿著手機，側倚在單人沙發座，暢所欲言。

「我跟你說過那個公司的女職員吧？很好騙，哄她兩句就得手了。爽嗎？當然很爽，看她那麼風騷，以為很會玩，沒想到年紀不小了，竟然是第一次，真是賺到了。」

我站在他對面的走廊上，深深吸口氣，拿文件夾用力砸了自己的頭兩下。總結一下愛錯人的原因，就是以貌取人。

見他起身就要往我這邊走來，我張望四周，沒有合適的遮蔽物，只得先下手爲強，扔支筆在他腳邊。

「哎喲，眞不小心，筆怎麼掉了呢？」我裝作巧遇的樣子現身，「嗨，阿傑，眞是太巧了！」

龐世傑神色複雜地望著我，看他露出做壞事被抓包的心虛模樣，我反芻五味雜陳的心，好像還是有點喜歡他。

我低身撿起筆，從頭到腳再審視他一遍。龐少董身上盡是最好的衣鞋，而我只是沒錢的小家碧玉。

想當初，我爺和阿奶門不當戶不對，也是經歷種種磨難，雨中下跪、以身相許、先上車後補票，該幹的全幹了，阿奶家人卻還是反對到底，我爺才帶著阿奶私奔。

我心底從來沒把門第階級當回事，卻忘了要彼此眞心相愛才能無敵。

「我回去工作了，有空你也記得去工作喔，再見！」

我決定要買條肉乾跟總經理拜師，請他教我怎麼才能在舊情人面前談笑風生，把臉皮再充厚一點，就能比較不傷心。

「小萍，妳和世傑在一塊？」出差回公司彙報，總經理冷不防地扔來一句。

呃，該說老大資訊過期，還是我瞞得太好？

「也不是啦，就是聊得來。」含糊其詞這種小伎倆，我可是從總經理應對董事長查勤電話時現學現賣的。

總經理回頭問起發表會的狀況，對我的感情路不贊成也不反對，讓我完全猜不透他的心思，果然是橫行商場多年的高手。

「小萍，爲了方便，我辦支手機給妳。」總經理老大從亂成一團的公事包裡，掏出小桃紅盒蓋機子，二話不說地拋給我，把它當作零食包一類的東西，說送就送。

我倒抽口氣，這電話機子可不是便宜貨。

「第一個聯絡人就是我的號碼，妳可要好好記著我這個老闆。」總經理拋來一個大媚眼，我立刻狗腿地表示永遠爲他做牛做馬。

「老大，可以打打看嗎？」

「請便。」他笑咪咪的，送禮的人要的就是收禮者的重視。

我打到安親班去，請小夕聽電話。當電話響起他清脆的嗓音，龐世傑什麼的，瞬間全都被拋到腦後。

「夕夕，是媽媽喔，你有沒有想媽媽？」

電話那頭沉默了一陣，他才咕噥埋怨，既然沒有要接他回家就別廢話。

等我心滿意足地收線，才發現總經理靠得好近。他那張帶有魚尾紋的俊臉，嚴肅得嚇人，然後問起我小夕的事。

我沒多想，一股腦兒地全倒出來，沒注意到他不停追問我尋得小夕的日期。

總經理踱回辦公桌，扶著真皮座椅坐下，眉頭皺得死緊，似乎被偶發的疲勞感擊敗。

「小萍，妳下班，去接小朋友好了。」

「咦咦？」

我的老闆總是不按牌理出牌，而我也不好違逆他的美意，光明正大地走出公司大門。

天空好藍，眞適合早退的一天。

□

路上我又打了通電話，和余老師交流一下感情，小夕若是在學校受傷昏倒，都請立刻聯絡我，我一定會飛奔趕到。

「林小姐，不好意思，妳的男友最近好像不常出現。」

「唔，他就是來看看小孩而已，請別放在心上。」

「的確，這麼說起來，他們眉眼還挺像的。」

我支吾其詞，打蛇隨棍上，有些刻意地引導余老師以爲小夕有老爸，用誤會來澄清關係之後，余老師的口氣好上了不少。

等我從沉悶的安親班說服教員放開我家小夕之後，爲了彌補前些日子冷落他，我牽著他的手去逛大街，打包票說他有什麼想要的，媽媽都會存錢買給他，裝闊來討他歡心。

小夕在唱片行前停下腳步，他細細聽著歌，我不敢驚動他，但他最後還是什麼也沒要。

我們晃到社區大樓的垃圾集中處，把回收車當商場，撿來一台中古收音機，又牽著手走回家。

「今夕，不要覺得媽媽丟臉，媽媽以後會賺大錢，帶你住大房子。」

他低頭調整收音機，似乎對電器修繕有點天分。

「富貴和羞恥又不是相對的詞，有什麼好丟臉的？」這是一個七歲孩童說出來的話，比我這個大人還看得明白。

「你呀，眞是我的天使。」我昂首大步起來，他也隨我邁開步伐。看他腿傷好了大半，心裡眞是歡喜。「所以，如果有誰來欺負你，媽媽都會把它們趕跑，這是我份內的事。」

我好不容易才哄回他對我的信任，表面淡定自若，但心裡深怕他會在社工小姐面前說：我不要這個家了。

他回到家，迅速把收音機轉到音樂頻道，洗澡也帶進浴室。我誤以爲他是個內斂的孩子，想不到這麼大方暴露他的喜好。

直到上床，他還是抱著老收音機不放，聽著我那個時代的老歌，輕輕跟著哼。我想差不多該存錢買隨身聽、音響，甚至未雨綢繆，預備一把帥氣的吉他。

他窩在我懷中，卸下所有防備，發出微小的囈語。

「爸爸、媽媽……」

我撈起他的劉海，吻去他眼角的淚。

我以爲會一夜好眠，孰料夜半再次驚醒。懷裡一空，小夕的拖鞋還在床下，我尋著泣音來到廚房。

那孩子緊閉雙目蜷在流理台下，像是被逼到角落的小老鼠，聽天由命中。我什麼都看不見，只感覺室溫低得嚇人，寒顫打個不停。

「滾出去！」我拿出一家之主的威勢，想到好幾個夜晚他都是一個人躲著哭泣，我就氣得想和這些陰鬼同歸於盡。

看小夕還是繃緊身子，就知道那些傢伙沒把我放在眼裡。一個女人家帶著幼子，連鬼都瞧不起。

我努力回想爺怎麼和異界談判：甭去想人的道義，妖魔不受禮法限制，要的就是好處，怕的就是暴力。

我抽出一把刀，直指空氣，當著它們的面，咬牙剁下右腳小趾，隱隱聽見小夕急促的抽氣聲。

「收下，然後滾出我的家！」

那種不適感慢慢淡下，我滑坐下來，希望腎上腺素別太快褪去，不然我一整晚都要痛到哭爸。

撿到小夕以前，我不太到醫院走動，大傷小傷都豪氣地只塗上藥膏了事。大概是因爲我身體太好，什麼病痛總是睡一覺就過去了。

就在我因大量失血而暈眩無法動彈時，小夕在我的傷口上大把淋上酒精消毒，痛得我哇哇叫。我含淚把小寶貝攬過來，跟他說媽媽有練過，好孩子不要學。

「瘋子。」他咬牙吐出單詞。

或許社工小姐會那麼重點地關注我們家，電訪、面訪樣樣來，就是看穿我人皮底下瘋狂的靈魂。

我笑著從背後環住他的小肚肚，看他顫抖著小手爲我包紮，全世界應該也只有他承受得了林之萍瘋狂的愛意，可以全力以赴去愛。

好在我偉大的犧牲，誤打誤撞地換來家門安寧，好長一段時間都沒有鬼來侵門踏戶，可惜這種事沒法跟社工小姐說嘴，證明我可以爲了孩子命都不要。

□

翌日，我打著哈欠打卡，胖子又贏我一個馬蹄鐵，眞是，早到又沒加錢。

我跳著腳整理茶水間，胡亂打理著公司門面，給上班的大伙兒泡壺茶，小胖突然叫住我。

「高跟鞋脫下來。」

我受不了地對他嘆息：「你這樣不行，要先跟我聊點廢話，再探問我是不是腳痛，接著才是你那句話。你這樣子會嚇跑純情的女孩子喲！」

他完全沒有虛心受教的打算，只是把我架到會客室沙發。我本來還想轉移話題到「總經理這個月來換了幾個助理，來打賭他什麼時候會腎虧……」，卻還是在胖子的堅持下，依他的話做。

他看著滲著血、缺了趾頭的右腳，一時間說不出話。

我斷斷續續地托出昨晚的家務事，想來他好像連我的初吻給了大黃狗狗都知道了，足以作爲拜把哥兒們。

「妳是白痴嗎？去廟裡求個符可以解決的事，非得把自己弄成殘廢！」

「缺個腳趾，應該開不了殘障證明吧？」

「還頂嘴！」

「對不起，我是笨蛋，我知道錯了。」我記得從小時候開始，長輩們最常給我的評價，即是：小萍這孩子實在欠教訓。

我的腳掌擱在小胖肥厚的大腿上，看他妙手回春地幫我施藥。

「志偉，你好貼心喔！」我的手爪子情不自禁地去搭他的肩膀，扒了肥肉兩下，手感眞不錯。

「不要亂摸我，八婆！」

我這個三八嗤嗤地笑著。每天上班最期待的，就是逗他爲樂。他整天埋頭辦公，少與人交際，就怕他悶死在辦公桌上。人家眼紅他辦事得力，沒少說過他壞話，不過孰好孰壞，總經理老大都看在眼裡。

「妳和那個人分了？」他忍了很久，才問我這明顯不過的結果。

我呆笑兩聲。之前我和龎少董的甜蜜，胖子都看在眼裡，他一定覺得我很蠢。

「志偉——」我撲抱上去，做狗搖尾巴狀。他的身子整個僵化。

「不要想從我身上尋求安慰！我討厭女人，我對女人沒興趣！」

「那你有男朋友嗎？交好的小學弟之類的。」

「林之萍，妳不說渾話會死嗎？」

最近幾個月相處下來，我們已經知悉對方的身家，不算生人，請恕小女子冒昧請求。

「娶我吧？我保證婚後會變成賢妻良母，還附贈可愛的小朋友，你可要好好把握這個買一送一的機會啊！」

「像妳這種隨便見異思遷的女人，誰會眞心喜歡！」小王果然把我病急亂投醫的告白當作無理取鬧。

昨天早下班，不知道龐少董重新開張，又有新的追求目標，帶花等在公司門口。

我跟他揮手再見，他突然攔住我。

「之萍，我們談談。」

容我想想——

「還是不要好了。」我快步離開公司，忍著腳痛，直奔國民小學。

我腳跛一邊，龐世傑還能追輸我，我眞懷疑他的體能全耗在床上了。

「之萍，對不起，再給我一次機會……」他總共只有這點台詞，我很難不聽進心裡。

我到小夕班上，余老師一改冷淡態度，站在小夕桌旁關切。

「老師，怎麼了嗎？」

「他好像腳抽筋。」余老師撫著小夕的髮，小夕沉著臉避開。

龐世傑打鐵趁熱，自告奮勇地要去抱他。小夕看著這消失數日的男人，又看向跛腳的媽咪，微聲先謝過叔叔。

看龐少董開心攬著小夕的傻樣，我又動搖了。說起來，我們也只是各取所需，他不欠我什麼。

「阿傑，你喜歡小孩嗎？」

「喜歡啊！」他燦爛回眸，臂彎上的小夕竟然睡著了。一夜無眠，鐵打的孩子也撐不住。

可惡，還是給他機會吧！

龐世傑一路把小夕抱回我承租的小套房，站在一望可及全屋的玄關，久久無法平復對平民住家的驚訝。

「之萍，你們搬到我家別院好了。」他只是嘴上說說，我要學著輕輕放下他的嘴砲，肯定他心地善良的一面。

「謝謝，掰掰。」

「我不能住下來嗎？」

我揮手的弧度停在十五度角，他不打算放過我心靈最後的淨土嗎？

「妳不答應，就不還妳兒子。」龐世傑把小夕抱得牢緊，很明白我的軟處所在。

單人床睡不下他，我明說他只能打地鋪，他也笑著答應。到半夜才跟我說地上好冷好硬，他睡不著。

怎麼辦？結果我還是心軟地爬下床陪睡，扔下軟綿綿的兒子。不管話說得再動聽大愛，情人和孩子還是會面臨擇一的時候。

如此胡混幾天，小夕又跟我不親了，故意氣我，回家都和龐叔叔走一起。他這種性格實在不好，爲了跟喜歡的人嘔氣，可以跟敵人虛與委蛇地結盟。

龐世傑看路上有什麼讓小夕視線停留三秒以上，就掏錢買下來，比當初追我還勤快，我都快懷疑他是不是看上我家小男生。

從後頭看他們一大一小的身影，眞有種父子相依的感覺。

「等等，我爸打電話來。」龐世傑放下小夕，戰戰兢兢地接通，「爸爸，我跟之萍在一起，你說明天要開會？我會記得去。之萍有跟我說公司的狀況，我知道他們是您的朋友，不會讓您丟臉。您要和孩子說話？呵呵，今朝，跟我爸爸打聲招呼。」今朝，誰？

小夕接過手機，聽到總經理的聲音，細眸默默地睜大了三分。他和總經理相談甚歡，捧著電話不放，把我和龐世傑晾在一旁。龐世傑還傻笑地說著「羨慕」，他父親都不太願意和他久聊，忌憚他與母親的關係。

小夕依依不捨地說再見，我忽然覺得像他這種性格倔強的孩子，才更需要可以倚靠的父親，不能再依著我散漫過活。

隔天早上，我在幫龐少董穿戴時，提出了我們不願明說的正事。

「阿傑，你有要娶我嗎？」我低頭拉起他的褲腰，把他的襯衫衣襬紮好，比對待自己的儀容還要慎重。

「之萍，妳怎麼跟那些膚淺的女人一樣？我們快快樂樂地過不好嗎？」

「哦。」我不無沮喪，仔細繫好他的領帶，「世傑，我還有小孩要照顧，我們分手好了。」

「妳要跟我分手？」龐世傑兩眼睜得老大，「我犧牲這麼大地跟妳同居，妳哪裡還不滿意？」

家裡很小，小夕就在旁面無表情地看著我們爭吵，真抱歉給他看到大人的負面教材。

「而且我是少董，長得帥又體貼溫柔，有多少女人想爬上我的床，妳知不知道？」

我不是很生氣，反而有點想笑。

他忿忿地送小夕上學，又照總經理交代，帶我去會議中充場面。分公司的大老都來了，大概是因爲龐世傑已屆適婚年歲，所以頻頻追問我是何許人。他悶著頭，還在耍小孩子脾氣，我就代答兩人沒有關係，小女子只是新來的職員，替大家泡泡茶，幫忙消耗美味的點心。

氣氛很熱絡，前輩們不時讚許我和小王，誇說總經理眼毒會識人。直到董事長盛氣凌人地降臨，老前輩關懷後進的氛圍丕變，她劈頭就說要裁減分公司，識相點就自己遞辭呈，根本是來向老幹部宣戰的。

大老們看向總經理空著的大位，我能感覺到他們內心排山倒海的髒話。

「龐秀卉，妳也收斂點。因爲妳的惡名，沒有正經人家想把女兒嫁到府上受罪，而妳兒子又不長進，唉！」前輩們不忍心再說下去，一部分也是憂心公司的未來。

龐世傑刷白著一張臉，不知所措地坐在繼承人的位子上。

總經理說過，他忍了那麼久，終於敢明著跟妻族龐家對幹，也是因爲榮極一時的龐家已經沒有人了。公司只要安插進姓龐的人馬，該部門一定虧空，撐不了場面，也使得董事長在內部沒人可用，老幹部得以繼續囂張下去。

我那時和龐世傑已經不清不楚，只問老大會不會心疼兒子？總經理突然眞情流露，滿臉悽色地說：他非常心疼他的孩子。

但我聽得怪異，總覺得他口中的「孩子」和龐世傑搭不起來。

龐世傑起身離席，任他媽和他爸的老友們一對多地唇槍舌戰，我也藉經痛逃開戰場。

他在廁所旁，摸著褲袋想找菸，卻只摸到我換掉的棒棒糖，只好將就地吃糖當慰藉。我之前還希望能溫水煮青蛙，讓他戒菸成功，不過已經不關我的事了。

「阿傑。」我抽出記憶中母親最溫柔的演技喚住他，「不是你不好，只是你爸太強了，你看各大企業哪有像總經理這般的人物？不管怎麼說，你也是最帥、最有女人緣的少董啊！」

他過來抱住我，把一半重量壓在我身上，我們倆就是各取所需。

但我又忍不住想，這世上除了我以外，還會有別的女子可以無視他身家，去看穿他亮麗的外皮，在他脆弱時牢實地把他護在懷裡，連他耍脾氣的幼稚神態都一起喜歡著嗎？

「你們在做什麼！」這嗓音很熟悉，就是剛才在會議室裡折磨各位大老的尖銳女聲。

「母親。」龐世傑鬆開手，站直到一邊。

「董事長，那個，有花子。」我比向女廁，試圖說明靈異現象無所不在。

「敢勾引我兒子，妳不要命了是吧？」董事長瞇起一雙美目，眼角竟然不帶細紋，她一定有打美容針。

我聽龐世傑深吸了口氣，盡他最大的能力解釋：「媽，我和之萍在交往，我很喜歡她，希望妳成全。」

我呆了呆，好一會兒找不出明哲保身的理智，因爲他開口說了愛。

果不其然，羞辱像倒糞一樣往身上潑來，董事長的利嘴，即使總經理老大也招架不住，連我最愛的家人都被捎上來罵。

她問我這個沒見識的鄉下丫頭坐得穩少董夫人的位子嗎？文言一點就是「林之萍這個小婢夠不夠格當太子妃」。

我都自詡天仙下凡，不過就是個太子妃，眞能把我給吞了嗎？

老娘微笑說道：「我做得到，絕對能匹配得上您兒子，請給我機會。」

□

龐世傑被他老母逮回家，而我則在家裡哀號不已，逞一時口快，把自己往風口上帶，這完全背棄了林之萍笑傲人生的原則，我是鬼遮眼嗎我！

不過，換個方向思考，原本的計畫是跟少根筋的男朋友分手，再找個好男人當小孩的爸，現在也就只是直接把男友升級成小孩的爸，就差在升級過程中需要打動老巫婆的芳心，兩者所花的心力，加減下來應該不會差太多。

我徵詢兒子的意見。小夕坐在新買的書桌前寫作業，舉手投足就像書香門第出來的小公子。

「小夕，你想要爸爸嗎？」看他不理我，我又追加了一句，「像總經理那樣，聰明又有氣度，不用隨時在身邊，卻能爲你遮風蔽雨。」

他垂下眼，淡淡「嗯」了聲，我紛亂的心頭也沉澱下來。

「但是，『父親』不能跟妳太好，我不喜歡妳去照顧別人。」小夕兩手撐著下頷，由上俯瞰坐在地板的我，深具領導者的風範。

這孩子從小就自我，但或許這也算是鬼遮眼吧，我只覺得他囂張的樣子很可愛。

「媽媽家裡人走得早，習慣沒人顧及我的感受，我沒關係的；而如果我只等著別人來對我好，大概要等很久很久，才會有人同情我而轉過身，你知道媽媽怕寂寞，就算我表現得卑微，也請別看不起我。」

我沒讓他吃好穿好，還讓他分擔人生的波折。說是爲他找老爸，何嘗不是想讓自己過得更有保障？林阿萍死後願下地獄賠罪。

我跪爬過去抱住他，討好地蹭著他的小肚子。

「小夕，請給媽媽力量！」

而後，董事長展開一連串把我從兒媳名單剔除的行動，她卻沒想到有個從不搭理兒子私生活的老爸，會在台面下支持我上位。

總經理把龐世傑叫來公司，當面鼓勵了一番。

「世傑，爸爸虧欠你許多溫情，來不及彌補，你以後要當個好丈夫、好父親，和小萍好好地過日子吧！」

龐世傑輕飄飄地走出總經理辦公室，向我確認他爸剛才是不是在誇他？認眞說來不是，反而像看穿兒子性格的婉意提醒，還有專對我打下的強心針。

龐世傑笑得燦爛，還往一旁扮鬼臉。我循線望去，是小王胖胖。

「之萍，妳防著點，他對妳有意思。」

「不會吧？」我對胖胖微笑，他卻看也不看我，又生氣了。

「很明顯啊，誰都看得出來。」

這就是旁觀者清嗎？不不，我不相信，每次我想要靠近一尺，胖子就退開兩丈，嘴上嫌棄得要命，視我如毒蛇猛獸。

龐世傑依父言，開始帶我四處交際，爲日後上流圈生活奠基。

「之萍，這是我朋友！」龐世傑向我介紹平時廝混的玩伴。和我陪著總經理走踏各處所遇見的那種如履薄冰地扶持家族事業的公子們不同，他們都長得一臉早衰的模樣，視女性爲玩物。

哈囉，狐群狗黨們。

我懷疑了一下自己，正所謂物以類聚，和他們混在一起的龐世傑，也不過因爲董事長管得較嚴，沒讓他酒色過度到禿頭。

想到以前爺爺慈藹地問我想嫁什麼男子，我想說自己既然天仙下凡，至少也要嫁個震撼三界的大人物。爺只說當他們的另一半會很辛苦，我就毅然地放棄了。他老人家反過來問，那不嫁什麼？我舉天立誓，絕不嫁紈褲！

作爲少爺們品評的對象，我捂著胸口退開半步。不是說童言無忌，老天爺何必陰我？

場面冷下，龐世傑乾笑道：「她有時會怪怪的，但大多時候都很溫柔。」

第一次碰面雖然尷尬，不過當我投入他們的遊戲時，可是比誰都玩得瘋，拋開所有矜持，爲了不讓這些人把更識情趣的女子塞到阿傑身邊。

展開糜爛的生活後，我平均兩天回家一次，先去馬桶吐完抹乾臉，才去探看心愛的小夕，摟著他說起莫名的酒話。

「他家很大，你可以有自己的臥房和書房，不會有人瞧不起你，人家會恭敬地喚你作『龐公子』或是『何公子』，呃，這個媽媽還沒跟他商量好……」

我想到這些日子遭遇到的白眼，和背地裡諷刺我爲妓女的話語，淚水就直落下來，也才明白爺當初帶著一家子隱居的用意。發達起來的社會，視貧賤爲罪過，我不能讓小夕跟我過苦日子。

「我不能跟妳姓嗎？」

我打了個酸嗝，小夕一雙眼灰灰冷冷的，總是比我來得清醒。

□

總經理說我笑起來更媚了，能夠適當地逢迎他人，愈來愈有少夫人的風範。

我問旁邊的胖子，老大這是在奉承我嗎？胖子用鼻子哼了我一聲。

總經理對我的厚愛，咱家都看在眼裡，但我已隱隱認爲不會成事了。阿傑的電話又開始打不通，董事長見到我時的冷笑更盛。

不過，有壞事也有好事，我在公司陸續收到匿名愛慕者的禮物，想退回去卻沒地址，就堆在辦公桌下享受虛榮的快樂。

胖子認爲這堆禮物是禍不是福；又說，林之萍省點氣力，別死撐著笑。

晚上難得空下，我給心愛的兒子煮泡麵，看他板著小臉吃完。

我正戳著小夕的臉頰取樂，突然接到電話，龐世傑醉醺醺地要找我；好不容易才從他口中問清地址，千里迢迢地趕到酒店，及時撈起就要把臉埋進馬桶的他。

他醉得站不起來，只是胡亂叫著「之萍」。

我揹著龐少董上計程車，回到他家在市郊的別院。

可能是見我見到煩了，別院的警衛和管家都懶得依董事長的指示攔我，任我扛著他們大少爺到浴室。我調好水溫，在浴缸解開他吐了滿身的襯衫，輕手輕腳地幫他洗漱。

當我洗到他那顆腦袋，他也清醒大半，眼珠子直溜溜地望著我，像個小孩子，我忍不住看著他笑。旁人嫌他腦筋不好，總想從他身上佔便宜，但處在那種深宅大院還能露出孩子氣的笑容，也算是老天爺對他的庇佑。

「之萍，他們對妳亂說話，我沒有替妳出頭，妳不會氣我嗎？」他沒頭沒腦地問道。我笑著把他的腦袋揉出更多泡沫，回味當年陪大黃洗澡的溫馨場景。

「阿傑，我明白自己出身不好，沒有關係的。」

他口氣激動起來：「我知道，妳和其他女人不一樣，妳是真心對我好。」

我沒應聲。當他把這話說出口，我才發現自己比想像中更想得到他的肯定。這些日子磨合下來，那些暈了頭的幻想差不多都破滅光了，灰姑娘仙子和母后很恐怖的王子殿下，不太可能步向美好的結局。

門戶差別太大，實在很難共同生活下去，是我貪心了。

他從浴缸坐起身，濕淋淋地環抱住我，我們胸口貼在一塊，溫熱得難受。

龐世傑摸索著泡在水中的褲袋，掏出一只絨布小盒。

「之萍，這個給妳，我瞞著母親買的，妳好好收著。我發誓會對妳好，我們這輩子就在一起，不要分開了，好不好？」

我接過盒子，打開來，不是耳環或項鍊，眞的是男女對戒。我試戴了一下，的確是小女子的尺寸；又拉過龐阿傑的大手，把戒指顫抖地套進他的無名指。

「妳答應了？」他怔怔地問道，反應不過來。

我說不出話，只能努力微笑，不過離謝主隆恩、受寵若驚的程度還有一段距離，有空要再練練。

「之萍，妳怎麼哭了，戒指不好看？還是玉色不配，我記得妳喜歡白玉啊！」龐世傑慌亂地哄著我，我搖搖頭，爬進浴缸，埋進他懷裡掉淚。

我這個膽小鬼，磨了那麼久才敢承認愛上龐世傑這個笨蛋。

□

求婚後，龐少董一改糜態，變得閃亮亮的，我懷疑有三成是情人眼中出西施的關係。

以前他來公司，無非是把我或是充作董事長的隨扈，現在他卻開始黏著總經理不放，拗他帥爸傳授他商場的道理。總經理看來有些傷腦筋，不過教導起兒子來也十足溫柔，隔天就把身邊的美女助理遣送離開。

中午，他和我坐在樓梯間吃便當，癟嘴抱怨排骨飯好難吃。我摸摸他的頭安撫，他就靠著我肩頭，像隻鬱悶的大型犬。

有天早上，我撞見他和胖子在公司門口互相推擠，要搶開門權，戰得難分難捨，我擰過他們刷開大門，進辦公室看到總經理祕書室裡的燈亮著，於是到茶水間泡杯咖啡給老大。

不一會兒，龐世傑鼻青臉腫地來跟總經理報到。我探頭出去，看到志偉頂著一圈黑輪，悶頭坐上辦公桌。

我從藥箱翻出貼布，一張給阿傑，一張給小胖，還剪成狗狗狀；胖子本來不想接過膏藥，是看在狗狗的份上，才皺眉收下的。

他喝斥道：「別做多餘的事，快去幹活！」

龐少董則是由衷讚嘆：「之萍，妳好有才華！」

我們手貼手地拍了兩下，兩枚戒指與日光燈互相輝映，胖子叫我們滾邊去，少扎他的眼。

那段時光過得好快活，我還撿了個大塑膠盆，和傷口癒合的小夕一起泡澡。他安靜地抱著我，我用沐浴乳吹出滿堂泡泡，滿懷希望地告訴寶貝：我們就快要有一個家了。

□

一進公司就見到董事長尊容，註定今天諸事不利。

她總是束著高髻，劉海一根不留；雖說是個風韻猶存的美人，但配上死了老公的神情，誰都無法更進一步。

「妳有小孩？」董事長拿了一疊資料，摔到我面前。

「叫小夕，林今夕，很可愛。」

她完全聽不進我的附註，只嚷嚷著絕不會讓外人動她龐家的產業。

「我只准許有我血緣的孩子繼承家業，妳想嫁入龐家，先把那野種處理掉。」

我一陣耳鳴，推拖到今天，該來的總是逃不掉。

「媽，我也只有這麼一個孩子，請妳諒解，我、我不太容易懷孕……」只一句話，我的喉嚨幾乎乾涸。

董事長怔了下，然後噙起冷笑：「好，妳很好，連我都敢騙。」

「我想和妳兒子在一起，什麼都願意做，只有這一點，不是我努力或是犧牲就辦得到，只能祈求奇蹟發生。」我跪下來，再三請求，「同身爲女人，請妳諒解。」

她震怒咆哮，好在時值大清早，也只驚動剛來打卡的小王。

當晚，龐世傑打了半個小時的電話安慰我，事情會好轉起來的，不用擔心。

我只擠出一句：「阿傑，我不知道該怎麼辦，我好想你……」

我怕吵到小夕，半夜溜到廁所，像鬆脫的水龍頭一樣，不停地掉淚。

□

情緒低落數日，終於得見伊人，當龐世傑出現在公司大門口的那瞬間，我立刻從座位小跑步地撲過去。

「阿傑，你來見我啦！」

他笑得有些尷尬，說要找總經理。我才想起現在眾目睽睽，不好意思地鬆開手。

「之萍，妳最近過得好嗎？」

「還過得去！」

「那就好。」他拍拍我的頭，氣氛相當融洽。

他和總經理破天荒地談了許久，談完來到我的位子，坐在一旁安靜地等我完工下班，自然得好像我們之間沒有長達十天的闊別。

時間一到，我趕緊收拾好，要跟阿娜答去甜蜜約會。總經理卻在我們離開前，從辦公室探身出來交代兒子要和我好好說明白。我聽了，原本放鬆的五臟又提到喉頭。

我們對坐在咖啡廳裡，沒有點菜。龐世傑左右顧盼，思索如何切入話題，最後把婚戒摘下，放到我面前。

那瞬間，我腦子裡轟然炸開了高人曾經的開示——妳這輩子只能有緣無分，凡事莫強求。

「之萍，我媽威脅我，如果不娶那名千金，就要找別房兄弟接替我。妳也知道，我除去少董頭銜，就什麼也不是了。」

「阿傑，我們已經努力到這一步，你不可以反悔啊……」我明白逝者已矣，卻放不開手。

他不知所措地望著我。我以前都是笑笑地過去，他沒預料到我會哭鬧起來，伸手覆住我擱在桌上、握得指節發白的雙手。

「母親不喜歡妳，妳帶著拖油瓶，又不能生育。就算一般人家，也不可能娶妳爲妻。」

「不是說好要在一起嗎？我們說好的啊！」我一邊咆哮大吼，一邊惶然落淚，然而卻是全然無策，無濟於事。

他說著道理，我卻只想談感情，雞同鴨講。

龐世傑想到什麼，眼睛亮了亮，說：「反正我不喜歡那個小姐，妳乾脆來當我的祕書好了，就像我爸那樣，還是可以在一起，我每個月都會給妳錢，妳就能和孩子過好一點的生活……」

約莫是我的臉色變得太難看，他沒有繼續說下去。

而我們的感情也沒有繼續下去。

□

我離開傷心咖啡廳，接到社工小姐的電話，抑住哽咽，盡量讓她感受我樂觀開朗的一面。

「林小姐，我從孩子導師那兒得知妳的男女關係太複雜，委實不適任作母親。很遺憾必須取消妳的領養資格，另外再安排合適的家庭。」

我的腦血管似乎有瞬間被抽乾，又一口氣暴衝上去。

「什麼叫合不合適！我就是他媽媽，你們這些人夠了沒有！」

我掛斷電話後就後悔了，動怒的結果就是平白讓自己再攤上一項歇斯底里的污名。我平復呼吸，趕緊致電給小夕的導師，響了一陣之後，另一頭才接通。

「余老師，妳可能對我有些誤解，這關係到我的家庭。」

她在電話中表示，請我移駕到國小附近，希望能單獨會談。

等我趕到她指定的巷弄，天色已經暗下。正愁見不到人影時，手機響起，余老師叫我往右看。我拿著電話，呆怔地佇立在路邊，看著大亮的車燈直朝我逼近。

我聽見尖銳的碰撞聲響，然後是一片天旋地轉。

我橫倒在地，昏沉地看著車輪倒退，再次往我衝來。

女子拉著嗓門尖叫：「像妳這種愛慕虛榮的女人，最好去死一死！」

若不是近來事務繁多，心力交瘁，其實事發前已有不少跡象，只是我沒有放在心上。

小夕入學晚了，校方說可以安排到余老師班上，因爲開學那時她和家長鬧了些不愉快，許多學生都從她的班級調走。

我私下問過一些教職員，他們說余老師很靜，但是會突然變得非常暴躁；莫名地對人友善，又會因爲小事而從此翻臉不認人，同事們都不敢和她走得太近。

余老師對我很好，特別抽空和我談小夕的事，問我是否單身，熱切地慰問我單親的辛勞。

她說：「林小姐，有空可以過來我家坐坐。」

她見到龐世傑後，態度即變得冷淡，後來發現小夕和龐世傑樣貌相似，以爲龐世傑是我的前夫，態度才好轉一些。

我和龐世傑的感情疏遠，辦公室就出現包裝精美的禮物。胖子檢查過後，從禮物品項和膠帶殘留的尾指指紋來看，判定是女人送的。

是什麼讓她動念要置我於死地？董事長派人調查我，想來也問到了余老師身上，而且也不吝於告訴她，林之萍就是個圖謀龐家財產的婊子。

所以我不喜歡她，不是因爲同性還是什麼的，而是我是婊子。

這種如同厲鬼纏人的偏執想法，我也可以明白一二。

就像龐世傑拋棄我，不是因爲他不愛我了，而是這世界眞是個渾蛋東西。

疼痛遠去，感覺輕飄起來，我看著自己的身體被抬上救護車。應該要追上去才對，但我不是很想醒來。

處理滿地血跡的警員喃喃地說：「應該沒救了，心跳都停了。」

聽爺說過，死亡會生起一股與世間斷絕連結的虛無感，但我生前就是隨波逐流的萍草，內心沒有太大起伏。

我們一家從爸媽、伯姑、小叔到我，全都落得橫死下場，印證好人不長命的定理。

想到爸媽，不免有些膽怯，害怕下去被他們看到這副窩囊樣。他們那麼愛我，我卻把自己送給別人糟蹋。

死後的另一個特性就是遺忘，我怎麼也想不起來落下什麼寶貝，直到那孩子出現在我面前，才知道要哭。

我想過去碰觸他，手腳卻不聽使喚，四肢被扣上鐵鍊，冰冷而沉重，鍊子另一端浮現一抹黑影，約莫是要帶我上路的鬼公差。

小夕橫在我和黑影之間，摟住我空蕩的魂身，不讓鬼差帶走我。

爸媽過世那時，也是和我此刻同樣的心情嗎？好遺憾、好捨不得，才明白這條被人鄙棄的賤命有多可貴。

對不起，媽媽是笨蛋，竟然把你忘了。明明已經打過勾勾了，誰也不能拋下誰。

小夕和夜色混在一塊的影子，猛然從地表掙脫起來。我看著他的影子擴張膨大，覆蓋過黑影；鬼官爺不見了，上路的牌子由他接過。

站在我面前的孩子，儼然像尊漂亮的人偶，我抬頭望向巨大的黑影，隱隱察覺它才是眞正的主子，小夕那孩子只是它曳在末端的縮影。被壓制住的這陣子，它一直都在觀察我嗎？我在它眼中是不是個大笑柄？

那雙血紅的眼低凝著我，幾乎要把我的魂魄攝入。

「從今以後，妳這條命就是我的。我准妳死，妳才能死。」

如果說我命該如此，它隨便給人續命算是逆天吧？不用付出什麼代價嗎？

我想起那句謠傳七年的讖言：鬼子出，人間滅。

其實有另一個版本，聽說是通鬼的道人偶然在陰七月聽見亡魂哼的小曲，被公會下令禁止外洩——

鬼王出，人間滅。

黑影慢慢縮回小夕體內，好像是累得要回去睡覺。還是說因爲我這個意外，大魔王決定要晚點毀滅世界嗎？

我一連問了三次爲什麼，祂都不肯回答。我想起爺說的傳奇故事，自甘墮入下界的鬼王陛下，原本應該是很溫柔的神。

所以，就這麼偶然地，憐惜了我一回。

□

我再醒來，已想不起那個死後的夢；說是瀕死體驗，又怎麼會多了我兒子？而且那團黑抹抹又高高在上的東西，總覺得似曾相識。

小夕趴在我手邊，倒頭睡著；我用還能動的左手把他從床邊撈上來，輕輕拍著他的背。

我被告知余老師被關進了精神病院的牢房，她寫信向我道歉，說自己沒法克制傷害人的衝動，很遺憾連朋友都當不成。老實說，我不怎麼生氣，對她的印象依然是那名站在教室外目送孩子一個個離去的淡雅女子。也多虧她撞了這麼一下，我的腦子完全清醒了。新歡不去，舊愛不保啊！

小夕動了動，清醒後仰起頭。我對他微笑，低身親吻他的額頭。

「小寶貝，以後還是跟媽媽姓吧！」

「媽媽。」

我以為是幻聽，直到他又喊了一聲。原本他眼神與年紀的不協調，淡下了許多，留下泛著銀輝的特異眼珠。

「我會快點長大，我來照顧妳，妳不可以再離開我。」

「傻孩子。」我抱住瘦弱的他，耳鬢廝磨；他手指使勁地扒住我的背脊，眼淚默默掉著，「我們已經在一起了呀！」

□

時隔多年，回想起來，總像是上輩子的事；如此心酸的愛情故事，另名「林之萍鬼遮眼」事件。

「林之萍，妳晚上有空嗎？」老王問道。當年的小王已經升職成總經理祕書，幾經波折，也將要成爲林家牧場的山豬爸爸。

他難得開口約我，我卻連聲抱歉，因爲早說好要和小孩們一道共進晚餐。

胖子嘆口氣，揮揮手叫我快滾。

我拎著包走到大樓門口，突然聽見一聲「哈！」大小兒子從兩旁圍上來，臉上都帶著笑，媽咪看得心花朵朵開。

「寶貝們，怎麼啦？」我張開臂膀抱著阿夕、小七，還有小七懷裡的熊。儘管寒流來襲，心頭卻是暖的一片。

「媽／大姊，生日快樂！」他們對我拉開禮炮。

我眨眨眼，原來如此。

阿夕開著從格致那兒搶奪過來的轎車，載著我們一家子前往大餐廳。

小七為了媽咪的生日宴，特地穿了新襯衫出來，熊寶貝的脖子上也打著大紅蝴蝶結；反觀阿夕，只套了一件棉質黑上衣，架著老氣的金邊眼鏡，但好歹有美色補足誠意。

服務小姐為我們帶位到包廂。包廂一面靠窗，一面圍著絨布，家庭式的小圓桌立著四份餐巾；她看我們依序入座，微笑告知等先生、太太決定點菜再按鈴叫喚。

「林先生，你要吃什麼呢？」我捧頰望著對座的今夕，他輕輕笑了下。

「林太太，妳就盡量點吧！」

小七怡然地處在母兄打情罵俏的氛圍中，興奮地詢問阿夕菜單上的英文；和我對上目光時，又開心地抿住唇，好像在尋找合適的送禮時機。

鄰座也陸續有人入座，今夕噓了聲，示意大伙兒安靜。

「他們跟來了。」阿夕這麼一說，餐桌溫暖的燭光都變得詭譎。

我隔著菜單偷瞟布幕的另一邊，鄰座兩個男人也用菜單遮臉，但那碩大的身形和細框眼鏡，想認錯都難，不就是王海蒂和蘇拉拉？

「蘇老師和叔叔怎麼來了？」小七直接挑明跟蹤者的身分。

我想老王可能一看我坐上阿夕的車，就立刻著手清查全市以「林今夕」名義預約的餐廳，還不忘先去接送溫柔的小學弟。

「小七，人沒過門前，都不准對他示好。」林今夕嚴格執行他自訂的家法。

「可是不叫叔叔要叫什麼？還是大哥覺得這樣和你撞輩分？」小七煩惱起來。

「兔兔，能不能讓媽媽聽見那桌男人在說什麼？」我看小七有些猶豫，補充了殺手鐧，「媽媽今天生日，拜託啦！」

小七沒辦法，伸手一點，桌上的水杯出現波紋，清晰地發出老王和蘇老師刻意壓低聲音的對話——

「阿偉學長，我們這樣好像變態。」

「婚期愈近，變數愈大。」事實證明，得了婚前躁鬱的應該是老王才對。

「你就是太過小心，之萍小姐一開始才會被草包追走。」

「閉嘴！」

小七按住水杯，冷淡地看了我兩眼，好像在斥責我這個禍害，總讓人不省心。

「我們乾脆併桌好了。」雖然這不是海產店，但餐廳應該會體諒我這個壽星才對。

阿夕卻按住我的手，沉著臉不說話。

我知道他這些日子和顏悅色地準備母親的婚事，已經瀕臨爆發點，所以不再勉強，由我按鈴叫菜。照慣例，請店小二把店裡最好的酒菜都呈上來！

我把前菜濃湯沙拉拿來餵兔子，看他吃得雙頰鼓鼓的，讓我不禁預先想好四十歲的生日願望——請他變回兔子原形，長耳朵和圓尾巴務必附贈齊全。

阿夕溫柔地幫媽咪挖干貝，小熊學著用絨布爪子拿兒童湯匙。我看著他們，眼睛都快流出蜜來，順口啾了兔兔兩下。小七說下次吃飯絕對不坐我隔壁，不然我一發瘋都是他遭殃。

飽食過後，阿夕拿紅巾蒙住我的臉，叫小七帶熊攔住那兩個老男人，牽著我的手去看他準備好的賀禮。

不會很遠，就在另一個包廂。他揭開布簾，是一臉驚喜的龐世傑。

「之萍！」

爲何？我眞是參不透阿夕玄妙的用意。

「從你碰過我媽之後，我就一直忍耐到今天。」今夕堆滿笑，龐世傑遲鈍的腦筋晚了三秒才打起寒顫。

「明夕，你好歹也叫過我『爸爸』……」龐世傑試圖自保的話，卻觸動阿夕心中的黑歷史，畢竟幼年的他沒有那麼成熟，叫一聲爹可以換來全套課桌椅，小孩子都會覺得很划算。

我總算明白，阿夕的生日禮物就是當面揍死始亂終棄的前男友給我看，我也就看著他們兩個中年、青年男子在隔間追逐起來。小七在這時出現，熊寶貝不在他身上，八成是給蘇老師帶著。

七仙出手攔住今夕，好歹龐世傑也是他親生老爸。龐世傑坐倒在一邊，惶恐地捲著布簾蓋頭防衛，以爲看不見就會比較不痛，完全是鴕鳥心態。

「小七，你知道這個男人害她半夜哭了幾次嗎？」阿夕發出清幽如深谷的媚人嗓音。依慣例，魔教教主動手殺人之前，都會變得比較陰柔。

小七看向我，大概在想像我流淚的樣子，然後鄭重做下決定。

「大哥，不可以打死。」事實證明，在兔兔心中，老母遠大於老杯。

「放心，奪人性命也不過是下地獄罷了。」阿夕這句話很有問題。

然後，我一雙碧玉般的兒子，開始圍毆本來有幸當他們爹的龐少董。雖然暴力是不好的，但我看龐世傑哭爹喊娘的，實在是覺得很解氣。

等老王來到我身邊站定，我囂張地告訴未來老公，敢欺負我的話，就是這個下場。我雖然沒有長輩，但是有愛我的寶貝們會替媽媽出頭。

胖子嘆口氣，早在他下定決心求婚時，就做好和阿夕掐架一輩子的心理準備。他不會說對錯，畢竟那個臭小子也是眞心不過。

「只要妳幸福就好。」

「那小晶能不能一起嫁過來？」我看向在一旁逗熊玩的蘇老師，口水直流。碗裡飯菜很豐盛，但又忍不住往碗外看。

「林之萍，妳去死吧！」

男人常故作大方，其實比女人小心眼得多，千萬不能當眞。

在人間虛度數十載，嚐到各般酸甜苦澀的滋味，過去的好留不住，潦倒也是一時，不到最後一步，不知道結局是什麼。總有人說我豁達，我不好意思地笑笑，我也只是沒有停下腳步，不去回頭望。

爺說，身而爲人，蓋棺論定前，總要繼續前行。

喜臨門

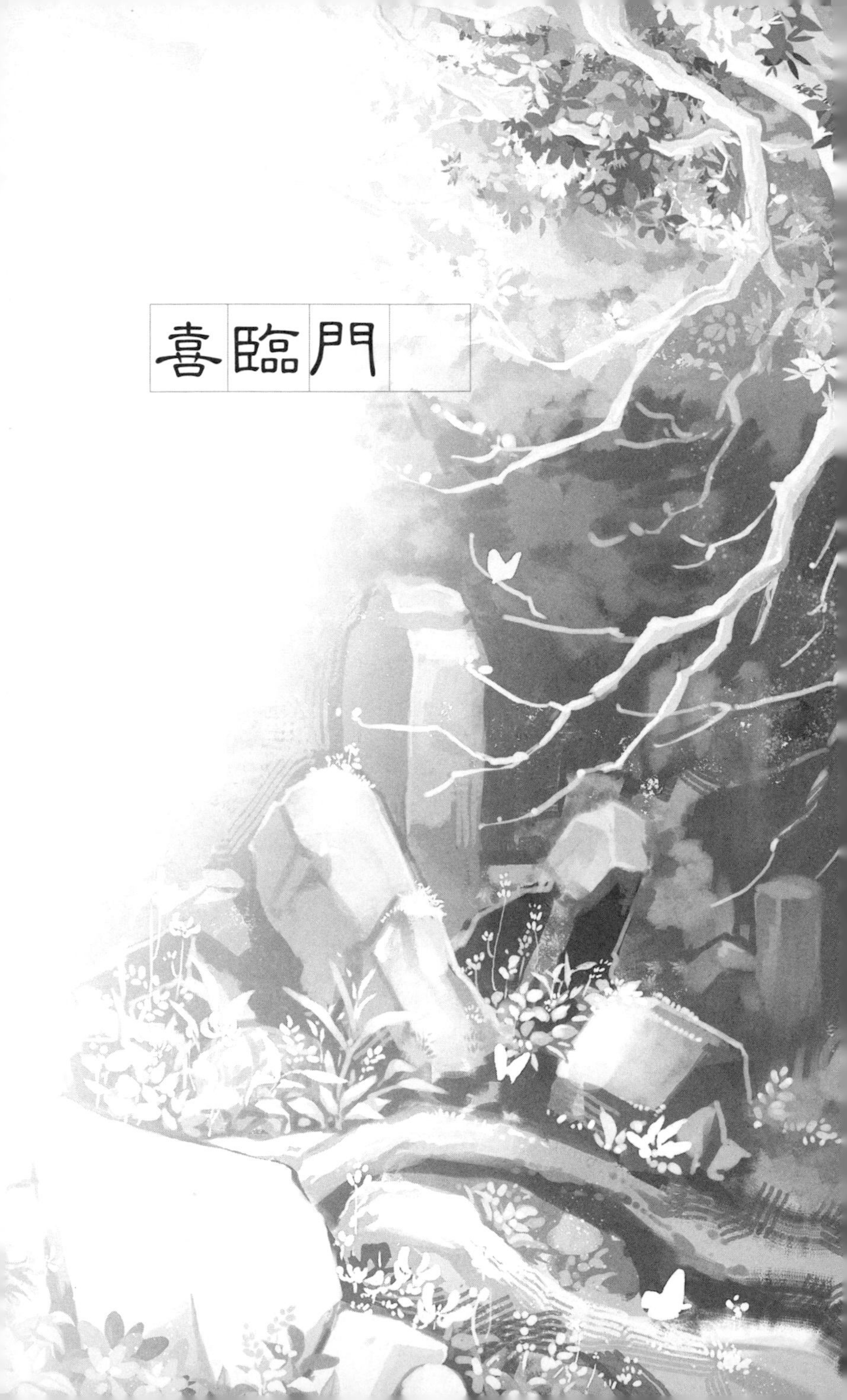

好事近矣。

老王終於決定打開保險櫃廣發喜帖，婚禮沒有意外，就在原定的那一天。

他和阿夕吃過鴻門宴了，今夕燦爛地說：「志偉叔叔，恭喜你！」讓老王回家連作了兩天惡夢。

帖子比原先的少了大半，他第一個瞪向我，我吹著漏風口哨，裝作不知情。

我們家裡都沒大人，老王猶豫了一陣，還是決定請總經理老大當我們的主婚人。我只是吱吱叫了兩下，沒有反對到底。

他幾乎獨自把婚禮籌備完全，我就自願發光剩下的喜帖。公司裡的小伙子們，好像早就預料到我們總有一天會結婚，一點也不意外，除了陳妹妹激動地握住我的手，眼眶泛淚，喊著：「終於、終於！」由衷地爲我高興。

一切都很順利，最後只剩下龐姓的帖子；出自心理因素，我拿著總覺得燙手。

「胖子，既然是仇人，還不如拿來墊便當。」我想裝死，不想發。

「之萍，龐世傑那張留給我，我會好好地看著他收到帖子的表情。」王祕書十多年來憋屈的感情生涯，終於讓他等到這一天。

我難得見他高興，爲了不影響他的好心情，董事長就交給我來邀約。

一下班，我驅車到龐家主宅。如同小七先前說的，戾氣很重，光是進門，就感覺肩膀被什麼鬼東西壓住。

原本採光明亮的大廳，因爲四邊窗子都拉上暗色的簾子，白天看起來像是半夜。董事長穿著艷紅色的套裝，染得極黑的髮以珍珠串挽髻，一派優雅地坐在主位上，身旁沒有服侍的傭人。

我嚥了嚥口水，即使頭皮發麻，還是微笑地打了招呼。

「嗨，老太……董事長好！」

「過來坐呀。」她看了我一眼；只一眼，我就像被關進肉品冷凍庫。「妳要結婚了？」

「承蒙董事長栽培！」我隔了一小段距離，把帖子拋上桌，能不靠近她一步就省一步，無奈它降落失敗，悲慘地滑到桌下。

我趴下去撿，董事長也不阻止，依然用優柔的嗓子，帶著尖刺發言。

「那個男人知道妳有多不要臉嗎？」

「是、是，我犯賤。」耶，我摸到帖子了。

我聽見陶瓷杯盤碰撞的聲響，警覺地抓著喜帖連步退開，及時閃過老太婆潑下來的熱茶。

「妳講點道理嘛，我嫁妳兒子妳討厭我，要嫁胖子也要找我碴，妳乾脆承認妳喜歡我不就得了！」我一邊抱怨，一邊摸索提包裡的手機；在哪裡被暗殺都好，絕對不要死在龐家！

「下賤的東西！」不妙，她步步逼近。

「董事長，我今天過來也是想澄清妳長久以來的誤會——我和總經理一直清白得很，不然怎麼可能安心地嫁給他家胖子！」

「他的事已經和我無關！」老太婆摔下白瓷茶杯。我光是聽杯子碎得有多響，就知道她一輩子都不會放過何萬隴這個男人。

「我的事也與妳無關喲！」我順口搭話，換得她陰狠的注意。

「我怎會不知道他打什麼主意？他先把公司過給手下的狗，然後再透過妳傳給他兒子，我不會讓你們如願的！」

我怔了下，仔細想想，董事長說的不無道理。豪門恩怨還沒有止歇，林家牧場在劫難逃。

「董事長，妳和總經理相愛相殺也就算了，妳知道我的罩門在哪兒，別動我小孩一根寒毛，不然我會跟妳同歸於盡。妳也知道，神經病可以減刑。」

「妳威脅我？」她每次都要扭住我的下巴，熱中扮演邪惡女角。

「民婦怎麼敢呢？」我頭還在她手上，高難度地給她福了福身子。

老太婆生得很美，至今不見老態，和我因兔子紅顏永駐不一樣，她長保青春是拜現代醫學所賜。她在最美的年歲遇上妖孽男總經理，把高傲的心捧出去，總經理卻是看上她的豐厚家產。他也需要女人沒錯，但不是等人服侍的千金大小姐，而是能洗刷他疲憊的溫柔鄉。

眞是個悲戀的故事，但她心理變態不關我的事。要是當初別喜歡龐世傑，就能完全和老太婆撇清關係，我怎麼就眼睛瞎了？

她鬆開我發痛的下巴，轉而往下勾開我的領扣。這次我逃得比鬼還快。

「王祕書眞的知道他要娶的是什麼樣的女人嗎？」

「我是被逼的，他一定會諒解！」一定要突破這關魔障，全心迎向美滿的婚禮，養胖小白兔，林阿萍加油！

「林之萍。」董事長每次叫我全名，就像下了咒一樣，我逃跑的雙腿隨之定在門邊。

我深吸口氣，怕她怕了十來年，一時半刻還改不過來。以前半夜沒事就會糾結兩下，但這一年來經歷太多生死一瞬，突然覺得那實在沒什麼。說到底，我並沒有因此少塊肉，還是一樣天眞爛漫。

「秀卉，放過我，也放過妳自己吧？」

她對我下了無數次狠手，當眾羞辱成了家常便飯，但每當要專心恨她，來個草人插針時，又會想起她哭倒在我懷裡，纖細背脊輕顫的無助模樣。誰教女人哭是我的死穴，就算我是受害者，也沒辦法不哄哄她。

時至今日，我發現總經理造的孽幾乎都是我在收拾，我到底欠了他什麼？

「妳絕對不可能幸福！」

我把喜帖放在玄關——早知道一開始就該這麼做，打完招呼就衝回家玩兔子收驚。

「董事長，我也因妳體認過愛情破碎的痛楚，身為女人，我會替妳數落總經理兩句。可是妳也是有小孩的母親，龐世傑坐擁大好家世卻一事無成，活得像個孤兒，妳要負起責任。」

可嘆龐二世身為少董，成天閒閒無事，還跑去小七高中大門等小孩放學，一起在公園溜鞦韆。七仙是隻不念舊惡的好兔子，靜靜聽他叨叨不休地說著幼稚話。我家神仙兔對凡人的溫和寬容，完全用在他生父身上，而龐世傑長久以來渴望的，就是這份溫柔。

我拎起高跟鞋開門要溜，正巧碰上歸來的龐世傑。看他笑得那麼開心，應該還沒遭遇老王的紅色炸彈攻擊。

「之萍，我跟妳說，我剛剛坐了兔子傳送機，好有趣喔！」龐世傑興奮地拍著我的肩膀，絲毫沒察覺我身後他老母鐵青的臉色。

「還好吧，又不是小孩子。」我嗤了聲，貴婦儀態滿分。

「大姊，這世上就妳最沒資格擺出成人的架子。」小七就是要戳破母親成熟的外皮，我也只能放棄裝酷，過去把兔子抱個滿懷。

「小七是特地來接媽媽的嗎？」磨蹭磨蹭。

他點了點頭，我望著他的眼，幾乎要笑出水來。

七仙有禮貌地向董事長打招呼。繼龐世傑後，又是一個不會看女人臉色的小朋友，不知道他才破壞老太婆謀害他老母的好事。

「這房子的陰氣很重，像地府一樣，怎麼也驅不散。」小七左手搭上大門的金色門把，猛然睜大異色雙眸，偌大的龐家豪宅著實震了下，幾片窗簾架子應聲而落，屋內因而透入帶著暖意的夕照。

龐世傑和我賣力地鼓掌，我家小七兔好厲害喔！七仙抬手制止我們鬧他，請龐世傑聽進去他交代的話。

「我會的，小七再見！之萍妳也再見！」龐世傑歡送我們母子回家，我很久以前就懷疑他智障，不過說起來我爸也是個智障，不能歧視他。

除去前男友笑得太白痴，這場景還眞的有些溫馨。

董事長不可思議地看著我們，以爲男女分手之後只會餘下恨，等著我利用她金孫來報復龐家。但我才沒那麼無聊，小七可是我的寶貝呢！

離晚飯還有一點時間，我和小兒子牽著手回家。阿夕演唱會過後，我們都變得很愛哼歌，有事沒事就深情對唱一下。

「一隻兔子、兩隻兔子，兔兔母子在一起——」

「我是老母！」我用力看向他。

「我是小七！」他也笑著對上我。

「兔兔永遠不分離——」

□

我和老王都沒信教，但爲配合挑出的雪白婚紗，選擇在教堂完成儀式。

伴郎是蘇老師，小伴郎是七仙，小小伴郎是熊寶貝；相對於伴郎數目，伴娘僅有花花、琳琳兩個美人兒，小糖果聯絡不上。婚前一個晚上，她特地入我夢道賀和道歉，我想握住她的小手，卻是空的一片。

那份不安縈繞在我心頭，就算爲了化妝、穿袍餓了一個早上，也沒消去半分。陳妹妹扮演婚禮顧問，每次進來問我需要什麼，我就跟她要飯吃，我好可憐。

「之萍姊，妳不用緊張啦，這是喜事。」陳妹妹幫忙拉好我的頭紗，「妳看妳多漂亮，年輕了十幾歲。」

多虧新娘妝比我想像中還厚，老王今天才不用被說娶嫩妻。

我滿嘴油光地應道，再叫一份鐵板麵。

李家庄前天土石流，對外道路中斷，杏春小姐和她的沒良心丈夫只能透過電話給我加油；唯一的長輩掰掰了。而我最好的朋友紫荊寶貝，則是因爲美國機場暴風雪，她再氣急敗壞，也趕不上這個大喜的日子，於是換成我安慰氣哭的好友。

老王那邊的親友席也是空的，我懷疑他就是聽說我這邊的窘境，才請蘇家伯母不用跑這一趟。

他想太多了，我光是膝下的乾兒子、乾女兒就位子不夠了。

來賓幾乎都是公司同事，一群人等待的同時，吱喳講著新郎、新娘的八卦，讓場面不致於太冷清，我想這就是談辦公室戀情的好處。

昨晚沒睡好，在我小瞇一會兒時，依稀聽見敲門聲，陳妹妹不知不覺地退去，換了個大帥哥站在我身旁。

我打量著像是從模特兒型錄中走出來的大兒子，果然小心眼沒長大，他竟然穿著和老王同款的黑天鵝絨禮服，要胖嘟嘟的新郎情何以堪？

「媽，我們走吧。」他低身牽起我，我抽了下鼻子。

小草他們之前來過，跟我說阿夕整天都笑著，熱情地招待每一位客人。他們看得幾乎要哭出來，沒想到就算公演這麼賣力，我還是沒有回心轉意。

我不是沒有動搖過，可是當那晚老王找到相擁而眠的我們，一副想要放棄又好捨不得的樣子，我什麼話都吞回去了。

好不容易我和他才走到這一步，他小心翼翼地對我說了愛，我也戰戰兢兢地收下來，圓了彼此最後的夢。我真心想和這男人過一生，請原諒我的自私。

我反手握緊阿夕略顯冰涼的長指，開朗地說道：「今夕，媽媽好幸福喔！」

阿夕低眸笑了笑，非常溫柔動人。

我覆上頭紗，終於明白習俗的用意，這麼開心的日子，很難不哭出來，不能讓哭花妝的新娘嚇到賓客。

「今夕。」

「嗯。」

他還願意待在我身邊，我好安心。

我低著頭，由他牽引走進禮堂，眾人齊聲喝采。

我記得他還不及我腰身時的模樣，明明臉蛋稚嫩得很，卻總頂著老成的神態，我這個大人就順著他裝成小女生撒嬌。

他有時會被我散漫的生活態度打敗，忿忿地不想理我；我的粗神經偶爾會被他拒人於千里之外的冷漠傷到，以爲他眞的不在乎我的感受。

彼此性子好像不太適合，但是我們還是一直伴著彼此。

後來得知這份緣不是單純的老天爺賞賜，而是伴隨著交纏千萬餘年、橫跨三界，足以拍成電影三部曲的愛恨嗔痴，把我弄得好亂，好像不該再去愛他。

我不是知錯不改，實在是來不及了，他早就成了我血肉的一部分。

「大姊。」小七喚著我，開心抱著小熊揮手，把我從回憶中叫回婚禮。

我看著，目不轉睛，阿夕抓得我指尖泛白也沒叫他輕點。如果在我的生命中有誰比相依為命的大兒子更重要，大概也只有這個男孩子了。

我足足欠了七仙一個母親，不知道怎麼償還他美好的童年。他卻說只要我幸福，他也會很幸福。

「林之萍，妳還發什麼呆？」新郎明知故問，他這麼了解我，怎會不明白我滿腦子都是寶貝們？

我憨笑兩聲，胖子就原諒我了，伸手過來，要與我偕老白首。

阿夕把我拉退兩步，讓老王撲了空。我大笑掩飾這個尷尬場面。怎麼辦？他反悔了。

「小夕，別怕。」我輕聲哄著，他才放開手，讓我隻身走向禮台。

我心頭猛然連跳兩拍，就在一剎那之間，像是有人調整好機器，讓每個畫面都在我眼前清晰停格——穿著紅色風衣的龐心綺衝進會場，朝我舉槍大吼。

「去死吧，賤人！」

槍聲響起，血花四濺，我眼睜睜地看著搶在我身前的他中彈倒下。

「阿夕！」

這一定是夢，絕對不是眞實。

我的意識有片刻中斷，再接續時，看到眼前的小七正在爲阿夕急救止血，而小草他們則亂成一團，不可置信發生了什麼。

琳琳和花花衝過去撲倒龐心綺，趕在她舉槍自盡前，搶走她手上的凶器。

她又哭又笑，朝倒地的阿夕伸出手，反覆說著：「我們終於能在一起了……」

一起、在一起……我呆怔地想起阿夕的誓言。

老王把黑轎車開到教堂外，叫小七趕快把阿夕抱到後車座。七仙照做，我以爲他會護送今夕到醫院，眞是比我有用多了。但是，他卻下車跑向我，兩手都沾滿鮮血。

「大姊，妳快去陪著大哥，快點！」

我不明白他爲什麼要用悲切的表情說話，好像一切都來不及了。

我被推上車，看阿夕痛得發顫的神情，才跟著痛醒過來。

「志偉，開快一點，拜託再快一點！」

老王已經把油門踩到最底，惹來滿街的喇叭聲響，但我還是覺得太慢，時間似乎被歹人操控著。

我捂緊阿夕胸口的血洞，鮮血依然從指間汩汩湧出，怎麼也堵不住。

「今夕，不要嚇媽媽！」

他喘息著，嘴唇上下開闔，我貼上他的臉傾聽著。

「媽，好冷……」

我抱緊他，婚紗被血染濕大半，感覺溫度不停地從他的軀體退去。

他在我耳邊輕聲呢喃，我聽不真切，想再靠近他一些、再聽清楚他的聲音，他卻呼吸一窒，垂下手臂。

「哇啊啊，不要啊——！」

「媽，妳記著，我得不到的東西，寧可毀了也不會讓給任何人。」

鬼之王

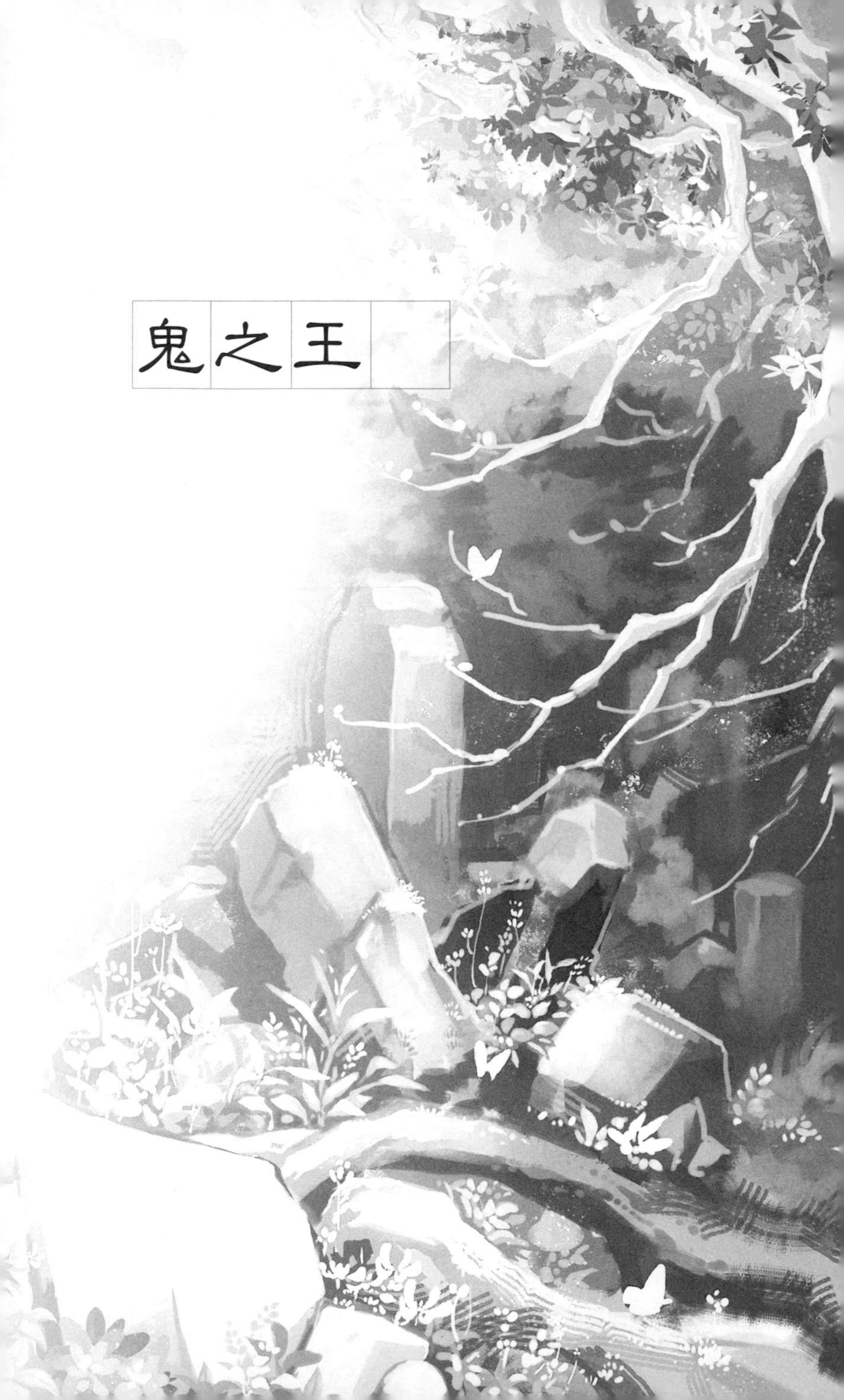

我驚醒，卻不是在家中的草綠色地鋪，身旁也沒有溫熱的小兔子。額頭刺痛，頭皮跟著狠狠地抽搐兩下，告訴我放棄接受現實之外的其他假設。

我身上套著預訂的婚紗，只是似乎被廠商惡意縮水，剩件內搭的絲綢小白裙，外層三件式白紗被撕得稀巴爛，高跟鞋也少了一隻，露出我滑稽的四根腳趾。

「晚安，小晶晶。」

「午安，之萍小姐。」

蘇老師穿著伴郎服，正揹著我在巷弄中急急奔走，不時探看四周環境，處於警匪片正要進入高潮的狀態。

很冷，他卻汗水浸濕衣袍，可見他已經負重疾行了好一陣子。

我把高跟鞋脫了，跳下男人溫暖的背脊。他看了我一眼，沒說什麼，只是拉住我手臂，繼續逃亡。

「阿晶，你要是腳撐不住，可以換我來揹！」我這個山村赤腳長大的婦人，沒多久就跑在蘇老師前頭，原本疑似他搶婚的情景，變成我抓著他私奔。

「阿偉學長將妳託付給我，認為我能保妳安全。早知道會有這一天，就該認真做復健。」蘇老師無奈地笑了下，我被美色振奮了精神。

腦子愈跑愈清醒，眾多疑問快要脹破我的腦子，為什麼我一覺醒來會天地變色？

「白紗是學長扯掉的，怕礙事。」蘇老師默默吐出一個最不要緊的答案。

他爲什麼要在這個時間點害羞兩下！我現在除了拉緊他的手，沒有餘暇調戲他啊！

蘇老師說，整件事就他所知，可以追溯到小糖果請長假的那天。

要知道學生請假得讓級任導師簽單同意，不是端出可愛笑臉就能過關，理由必須具備十足的正當性。

九姝沒有直接回應，而是繞了圈跟蘇老師傾訴：小七苦了這麼久，好不容易才重新展開笑顏，幸福得來不易。

這點著實掐住蘇老師心頭的軟肋，他甘願替學生承擔隱瞞的後果，什麼也沒告訴七仙。

神女小九開出的請假原因是——天界動亂。

我聽得心頭一驚，什麼時候的事？從那次山林寫生後，小糖果向小七告別開始算起嗎？那麼，天帝下凡給阿夕探病時，天上其實已經開打了？他才會匆忙穿著薄紗睡衣前來，露出膝下梭形的白皙小腿？回想起來，那還眞是雙美腿。

我的腦袋又開始暈眩，奮力晃腦甩掉多餘的資訊，天帝聖上的腿不重要，重點是這個天要塌下來的消息。標榜和平與宇宙同在的天上世界亂了，對於那些虎視眈眈桃花源的傢伙們來說，無非是動手的絕佳機會。

而其中最有名的敵手，莫過於鬼王陛下。

釐清前因，再來就是探討我婚禮被砸的後果。

蘇老師體內的鄭王爺出聲說明，之前城內的陰陽氣息一直很不穩定，今天正是陰曆中百年難逢的陰至日，天時地利，下界豐沛的陰氣從這塊被養成鬼地的通道暴衝上來。

我不太懂鬼的曆法，蘇老師給我看了錶上的時間，指針顯示兩點整。

我捂著抽痛的額角，然後才意識過來。同一天的事，所以是下午兩點，不是隔日的凌晨兩點。大白天的，四周卻晦暗無光，整座城市死寂得像是大家都死翹翹了。

古時若是日子不好，就會避免在夜半趕路，怕好好的大活人走上陰間道，一去不返。但有時也會發生不過是去自家後院尿尿，回來時卻只剩一間空屋，老婆小孩和八十歲高堂都不知所蹤的情況。爺說，因爲舊時陰陽界線還沒像今日幾乎釘死，鬼域偶爾會發生偏移，陽世的生人會因爲被陰間籠罩而隱去生命。

沒什麼大事的話，站在原地發呆，一、兩個時辰就會乾坤挪移回來。但我能篤定，這次就是件天下大事。

「爲什麼偏偏是今天？」容我以女子的身分哀嘆兩聲。

「婚禮日期不是學長定的，而是那一位。」

「啊？」

「是妳大兒子堅持，只有今天他能出席。」

「阿晶，你誆我吧？」我帶笑問道，但蘇老師嚴肅的神情已經說明一切。

我想起阿夕日前深情的告白，好像世界沒有我就會崩毀。結果卻是老早就計畫好了，天界和小七才是他眞正的目標，我只是附帶的贈品。

蘇老師連喚我兩聲。抱歉，民婦只是發發呆，沒忘記咱們在逃亡。

逃什麼？路旁水溝蓋猛然炸開，不該有大型生物存在的污水下水道，竄出十來隻手，蒼白得不似活人，倒像是餓壞的花枝觸手。

我拉著蘇老師退開，估計花枝十腳應該跑不贏人的兩腳，但事與願違，沒多久它們就爬出洞孔，沒有臉，僅有人的外形，扭動著毫無血色的身子，往我們匍匐而來，速度非常快。

「蔓延過來了。」蘇老師說，從腰間抽出古劍。他一身西裝，我卻聽見戰甲交擊的金屬清響。

如果單單是白天變黑夜，憑老王肚子能撐船的本事，一定要大家稍安勿躁，能坐著絕不逃跑，可是事態就是一群鬼被放出來大逃殺。

城市的生人幾乎全被隱去，只有小教堂的賓客被留在陰陽交替的空間裡，其中有總經理老大和公司可愛的屬下們，老王有責任帶他們逃出生天。

而他把最心愛的我，交給他一諾千金的兄弟。

「之萍小姐，妳別離我太遠。」他回眸，沉靜中含著一絲溫柔的情意。

我滿口答應英雄大人，乖巧地當個襯托出他的帥氣的花瓶。

不過，我三秒之後就出爾反爾：「王爺，可以跟你借把指甲刀嗎？」

蘇老師沒怪我滅他威風，從懷中抽出匕首拋到我手上。我解開皮套，刀刃已大半鏽蝕，還殘留著數百年前的血漬。

花枝鬼爲數眾多，蘇老師陷入混戰。我保持著一段不礙事的距離，小心跟著他移動，偶爾尖叫兩聲助興。

鄭王爺之於惡鬼，雖然不到中央級主管，但也算是百年來鎮守陰魂的地方負責人。經驗和實力加總下來，他夠強，會贏。

西瓜偎大邊，我竊喜了一會兒，又被不安淹沒。

心跳猛地大響，我聽見鐵鍊與柏油路磨擦的聲音，四周無光的環境與記憶中事故的夜景連結，才想起這是那人死去的路口。

無光卻能視物，也是陰間的一大特點。遠遠地，我清楚看見那男人披著金色袈裟，雙眼布滿瘋狂的紅絲，帶來大片陰霾。

蘇老師因他出現而閃神，被其中一隻鬼手扯住右腳，害他右膝撞在地上，發出骨頭碎裂的沉音。他不顧痛處，一劍從口腔貫穿陰鬼，但他也因此受了傷。

蘇老師撐著受創的右足，轉身迎向那個男人；我從未見他露出如此狠厲的目光，一身好氣質都被仇恨給掩蓋。

「朱逸！」

「好久不見啦，老師！」

他滿懷惡意地叫喚阿晶，眼珠賊溜溜地轉向蘇老師血流如注的右腿，笑得非常討人厭。

那男人亮出手槍，要我們不准動作。

「實在是老天有眼啊！」

我完全持相反意見。

「天上說，只要抓到妳這女人，白仙就任我爲所欲爲。」

我不甘示弱地回應：「仙宮的大仙只想指使你去做骯髒事，等你幹完活，他們那些眼巴巴想成神的僞君子，就會嫌你無恥下流眞該死，殺了你封口。」

「死？我在地獄被鬼差殺了又殺，什麼酷刑沒受過！」

「哦，是我害你的嗎？」要跟我比耍嘴皮子，回地獄去練個十年再來。

蘇老師拉住我手腕，我知道情況險惡，只能掂著手中的短刀，希望地府的老爸保佑阿萍生疏的技藝。

「他不是不能救我，而是沒有去救！看妳死了，他有多不顧一切犯禁！」

他竟然把我和他放在同等的位置，開玩笑，世上有一堆好男人等著做兔子老爸，而兔子老母永遠只有我一個。

「那是因爲你太沒用了。你數數你在他身邊幾年，這麼傻的一個孩子，竟然連他的心都拐不到，廢物！」

我成功逼得他抓狂扣扳機，槍聲響起，把我的記憶帶回昏迷前鮮血淋漓的畫面，所以阿夕眞的已經……

「啊！」他按著被匕首刺傷的右腳，而蘇老師則第一時間把我往下壓，僥倖躲過子彈。

我任淚水湧出眼眶，趕緊扶著蘇老師趕路，活命的時間可是不等人的。

跑了一陣，蘇老師禁不住脫力的下肢，又是一句經典台詞：「別管我，妳快走！」

我氣不過，捧住他臉頰就是一記強吻：「要死一起死！」請不要露出痛苦的神色，在你身邊的可是你傾心的萍萍仙子。

他只是一股腦地悲嘆著：「白仙不能失去妳。」

好比雞蛋避免放進同一個籃子，世上最愛兔子的我們，不能雙雙浸陰溝，小七會哭倒陰曹地府。

「哎呀，你好煩，快上來！」說到底，他會體力不支，還不是因爲揹著我這肥婆滿街跑。

鄭王爺和我有時候會在夢中討論小七，光是聊兔子，我們就能精神亢奮地講到天亮。王爺公神情總是嚴肅，但從祂簡短的話語中，不難發現祂有多疼愛我們家明朝。

他說，年幼的七仙有時會爬到神桌上，軟趴趴地挨著他的神像，分享孩子的悄悄話：王爺公，您知道嗎？我今天吃得很飽。

鄭王爺都會怔一下才微笑頷首。

有什麼開心的，那孩子都會告訴王爺公，希望祂也能高興。

對祂來說，白仙是個好孩子，這麼尊貴的存在，陰錯陽差地入了祂的籍，讓身爲陰鬼、習慣孤寂的祂，又因他而懷有慈愛的心，鄭王爺很感激上蒼。

但打從一開始，白仙就不該和亡魂有所糾纏，祂的幸運是用他的不幸換取而來，當那男人把白仙所眷戀的母親屍身放在神壇底下，祂卻替那男人隱蔽罪惡的那刻起，即失去契父的資格。

我問他，他這麼付出還不夠補償、不算愛嗎？他說白仙揹負著整個世界，要完完全全、毫無保留地去愛他，才能保證那顆心不受到傷害。

我明白，小七好養是好養，丟什麼餅乾、點心到他面前他都吃，但是要養到肉實豐美，每天上學笑著跟媽媽和王爺公說掰掰，眞的很不簡單。這個世界吃飽沒事就要尋我家的麻煩，如果我和阿夕受傷，小兔兔就會難過掉淚，我又要重新給他心理建設，反覆告訴他，留在媽媽身邊沒有錯。

好不容易我就要給他一個美滿的家了，沒想到卻遇上世界末日。末日也就算了，絕對不能死在趁陰陽大變冒出頭的混帳手上，讓他藉此去殘害我家的小七寶貝。

飽含怒火的腳步聲追了上來，在我行進的路徑上打出兩個彈孔。

這種時候，我總是會想，老天爺，爲什麼？

「眞是感人啊，姦夫淫婦。」

我轉過身，看人渣拖著傷腿，漫步到面前。

「別過來，你想再死一次嗎？」蘇老師低啞地問道，現在明顯是鄭王爺主導的性格。

那男人也發現蘇老師的差別，張狂的嘴臉斂下幾分，但他對鄭王爺的敬畏也只維持了一會兒。

「王爺公，是你先背棄我的。」他身爲男人，淚腺卻像我一樣收放自如，我從小七的記憶中看過，他都是用這招哀求神子替他賺錢。「我出身不好，是你收我做契子，才命途好轉，眼看沒有才能的我就能當上萬人之上的大道長，連公會都要敬我三分，你卻狠心掐碎我的夢！因爲你他媽的看上那個狗屁神子！」

我支撐著蘇老師不穩的身勢，細聲給他打氣。當然啦，有眼睛的都會看上白軟的小七仙子。

那男人從以前就只是仗著鄭王爺的悲憐，予取予求，可小七卻是眞正把王爺公當作尊長，立誓一生都要全心敬奉祂。於是，眞感情贏過先來後到的順序。

鄭王爺的遺憾是殺了人渣嗎？不是，而是祂沒有眞實溫暖的雙臂去揉捏七仙的頰肉。

「王爺公，你看我終於美夢成眞，我現在可是大教主，什麼漂亮女人全睡過了。」他展示那身金袈裟，我看得眼熟，好像以前有個玩頭髮的邪惡術士，也是以爲自己穿了寶衣就成了王子。「啊，還差妳一個，美麗的『媽媽』。」

「不用了，我眼光很高。」

玩弄古莫少女心的教主，因爲蔡夫人的案子入獄，沒想到那麼快就找到替補的垃圾。看來「恩主公」眞沒什麼了不起的，本體只是一件漂亮法衣，裡頭的教主可以隨仙人的意思汰換，愈是人渣，幹得愈好。

「本來他們想給我換個更好的身體，叫龐什麼的，白仙的生父，又是妳以前的相好，結果沒成。眞可惜，爸爸幹兒子特別有滋味。」

我聽得就快要吐了，克制不住血往腦門上衝。

「之萍小姐，不用和他較眞。」

可是我看蘇老師臉色比我還糟，恨不得把那男人挫骨揚灰。

對方深知蘇老師深愛著那個對他來說彌足珍貴的孩子，壞笑中加了把柴火下去：「老師，他白嫩的身子讓你回味無窮吧？」

「跟畜生沒有什麼好說的！」

憤怒會侵蝕理智，但我無法勸開蘇老師，因爲我也快氣炸了。那男人到現在還把小七當成孤苦無依的棄子，以爲沒有家長會找上門揍他。

「老師，你能復生是因爲殺了鬼差，對吧？」那男人喜孜孜地說，像鄭王爺所說，就是個愛看人受苦的壞胚子，已經無藥可救。

蘇老師幽幽地呼了口長息，讓我心頭戰慄。

「所以你這條命好珍貴，死了不就魂飛魄散？」

那男人把槍抵在我的額際，接著踹向蘇老師受傷的膝頭。

「你就在旁邊看著我怎麼玩這女人，乖乖的，像過去那些給您免費看的好戲。」

蘇老師只是說：「之萍小姐、夫人，閉上眼睛。」

他抓住那男人持槍的手，把槍口帶到自己身上，直到子彈全打成血洞，他的神情沒有絲毫變化，好像他的身體本就是一具無知覺的屍首。

那男人開始害怕，一屁股跌下，想要往後逃，腳卻受傷了，跑不了。

「不要，求你、求求你！王爺公，我是你的孩子，你不能這樣對我！」

「閉上眼睛。」他再勸我一次，但我只能徒然地睜著眼，無法反應。

劍尖在地面劃出銳音，他踩住那男人的右腿，舉劍刺向男人的私處；那男人痛苦嚎叫，他只是發出如鬼魅般的低笑，直到男人的下體血肉模糊。

「我絕望了那麼久，那孩子是我的光芒啊，你竟然敢碰他，給我去死！」

那男人臉上流滿眼淚、鼻水，努力想爬出蘇老師的劍下，在地上拖行出一條血痕。

「你說你已經在地獄受過刑，但對我來說，那實在是遠遠不夠。」他的西服混著自己和對方的血沫，染成淒厲的紅。

怎麼辦？照習俗說法，穿紅衣死去會不會永遠不得安息？

他拉住那男人的一隻腳，把它提高，將長劍捅進男人的兩股之間，血水噴灑而出。

他把那男人踹回正面，正要剜下那雙因驚懼而突出眼眶的眼珠，我才生出力氣把他抱著拖走。

不是那傢伙不該受罪，而是他這個溫柔的好男人，一生就這麼栽在這人渣手上，太不公平了。

他無力地笑：「給妳看笑話了。」

我貼著他的背嗚咽，蘇老師緩緩靠向我的右肩，早已沒了呼吸。

「之萍小姐，替我向學長道歉，我總是辜負他的期待。阿偉學長一直像兄長關照著我，學長是值得去愛的好男人……」

他強撐的意識，隨著冰冷的身體瓦解開來，像彌留的病人呢喃著不連貫的字詞。

「保護好白仙……他一個人孤伶伶……請不要拋下那孩子……」

「阿晶！」

他垂著不瞑目的眼睫，不管我怎麼把他往上撈高，陰間的土地就是強要吞食他，把他的身體弄得莫名沉重；一不小心讓他指尖觸到地面，手指就融進漆黑的冥土，黑色慢慢爬上他的手腕、肘處、肩頭，沒多久，連他的臉也模糊起來。

我把他抱緊，想要保留住什麼，他卻在我懷中風化消逝。

蘇晶走了，小七最喜歡的蘇老師和鄭王爺走了。

那男人還有餘力發出粗劣的大笑，可能太難聽了，被一雙紅鞋子踩住口鼻，紅鞋子的主人稍稍用力，那顆頭就碎成血泥。

翩然登場的紅鞋姑娘朝我欠了欠身。

「林姊姊，剩妳囉！」紅綢姑娘捲了捲烏亮的耳鬢，笑得像綻放的牡丹，「我評估過，光是他老師的死訊還不夠，畢竟他上輩子死了那麼多父兄也沒吭半聲，保險起見，要再死一個母親才夠逼瘋他。」

我抹抹乾澀的眼眶，向她提點道：「男人冷血還能叫作邪佞，女人無情就不再是女人。」

「不是說最毒婦人心？」她似乎還爲此得意著，以爲擺脫婦人之仁是自己鍛鍊來的修爲。

「如果妳想要的是妳踩死的那種男人，什麼心都隨意。」我把四垂的髮絲撈到耳後，讓自己的儀容看起來整潔點。

「我承認妳的確有過人之處，但妳終究只是凡人。」她還是微笑著，我可能正値喪，覺得很礙眼。

她金紅色的袍袖往胸前斂攏，腳邊隨之出現一具以白帕覆臉的屍首。看裝扮，我怎麼會認不出是誰？總不會是減肥成功的胖子。

明知不可稱敵人的意，但我仍是跪爬向前，環著冰冷的屍體哭啼起來。

她爲了我的可憐相嘆了口氣，何不像她們早早看破紅塵？感情只是凡人的枷鎖，不扔去心的話，身體太重，無法飛升成仙。

「夠了。」紅綢蹲下來，抬起我的下頷，「看著我，忘記煩憂，成爲我的戲偶。」

我聽話地望著她俏麗的臉龐，不只眼淚，連鼻水也沾滿她的手心，但她就是不放棄催眠我。

「沒有別的了嗎？」

她聽我這樣問，臉蛋著實扭曲了一陣。

「你們眞是雷聲大雨點小，我家人怎麼會被幹掉呢？」

「現世對白派一役，本以爲大勝而歸，事後才發現他們刻意折損我們精通鬼事的將才，讓仙宮秘傳千年、向冥世開道的陣術幾乎失傳。」

我努力回想出事以前，家中特別寧靜的夜，他們總是等我睡熟，才點起煤燈聚會。我夜半隔著蚊帳，隱約聽見母親肅穆的話語。

「爸，你認爲他們究竟想做什麼？」

爺說：「爬不上去，也只有墮落了。」

旁人總是說白派憨愚，但我記得家裡人明明不是吃虧的料，心機重得很，眞正的笨蛋只有我家兔子。君子報仇三十年不晚，等人家以爲勝利在望，才發現他們早就把渡水的戰船給砸了。

另一方面，他們也算還清了陰間收留三百年的人情。

紅綢回答問題後，才驚覺不對勁，怎麼會是她順著我的意思操弄？

聽說她十五歲入仙宮，而我可是在紅塵打滾四十年的歐巴桑呢！她是哪兒來的自信贏得了我的心志？

紅鞋小姑娘變了臉色，想對我做些殺人放火的事，卻什麼辦法也沒有。我不懂催眠還是洗腦大法什麼的，但也知道要是法術弄巧成拙，催到一個道行比自己高的先賢，就會被反噬，讓自己陷在待宰羔羊的窘境中。

她才可憐過我，禮尚往來，現在換我來憐憫她。

他們以爲整個計畫是要讓我崩潰才殺了阿夕，可見那隻背叛幽冥的大鬼，根本沒告訴他們今夕的身分。仙宮竟被他們嗤之以鼻的陰間鬼給狠狠愚弄，眞的是比上不足，比下還是不足，太慘了。

所謂險計，多半非到緊要關頭才用，他們卻在謀國這麼重大的戰事中，選擇捉拿我這個弱女子去要脅神子。仙宮總愛自稱天，卻從未打算正面對決。他們從一開始就把自己看弱，只想憑取巧的手段取勝。這不是天的意志，而是人的卑鄙。

老話一句，太令我失望了，他們的強項果然只有「害人」嗎？

如果只是想讓我悲痛欲絕，他們倒眞的是做到了。

我隔著白帕撫摸阿夕的臉龐，雖然對方法術失靈，但我也走不動了，除了他身邊，哪裡也不想去。

「眞的有這麼傷心嗎？妳有比我還難受嗎？我可是從來沒有得到過！」紅綢被迫像個娃娃跪坐著，看我又無能地哭泣起來，忍不住動怒。

可能我暫時變成她的主子，可以接收一些她混亂的雜想。

她從小失怙，卻比一般孩子來得聰慧，在路邊看幾個江湖術士耍戲法，就能習得他們七八成的本事。她靠著這些異術謀生，把同樣遭遇的孩子聚集起來，說是仙童降世，打著新教團的名號，讓人自動供上財物。

但等她長開身子，姣好的相貌帶來禍端，人口販子盯上她建立的童子教團，使計捉住一群手無寸鐵的孩子，把她賣至青樓。

她被套上像是嫁衣的紅紗、紅鞋，綁在鳳凰榻上，第一次任人開價。不知道青樓買通什麼邪道，她的法術施展不了，叫天不應，叫地不靈。

就在她絕望欲死的時候，白袍少年破門而入，後頭跟著青衣的陸家道士，兩人把妓院鬧得翻天覆地。

她耳聞過白仙的名號，第一眼就認出這是白派中人。白派爲道，悲天憫人，義無反顧。

「救救我！」

她一喚出口，他就飛奔過來，握著她的手，告訴她不用怕。

他的手好溫暖。公子，謝謝，謝謝你。

但她以往總是像個大人對孩子們發號施令，心高氣傲，沒法誠心向他道謝。

「我願意以身相許」這麼一句戲棚台詞，被她說得像是千年妖姬，變成「做我第一次的男人吧！哈哈哈！」

陸家道士捂嘴大笑，阿七公子呆呆笑著，直說白派不娶妻。

不娶妻還是可以在一起，她眞的好喜歡溫柔質樸、像是未雕玉石的白仙公子，被那身白給佔滿思緒。

可惜她不能跟著他旅行，她還得去尋找其他被賣的孩子。

可嘆她的孩子們都走了，一生無父無母，最後還走得那麼悽慘，生命不過爾爾，因而看破紅塵的她，成功進了仙宮。

但她對「看破紅塵」始終抱持疑心，認爲成仙的條件應該是厭倦了人類，而不是從感情解放，不然她爲什麼還是不停地在想念他？爲什麼得知他失去了父兄，明明彼此天涯兩頭，心也跟著疼痛？

她忍不住下來見他，折損道行也無所謂，不忍心看他孤單守著空蕩的大宅，一個人過日子。

長成偉岸男子的他，婉拒了她的求親；他說白派的道終至成神，不能與她廝守。

而後，白仙遭天懲，白仙成了眞正的神，那雙手不再是她能觸碰的寶物。

她在仙宮拚了命地修行，想要得知他的消息，卻在一圓窺天的水鏡中，看見他與絕美的神女相擁而眠；他醒來，爲神女撥去臉頰的桃花瓣，目光充滿愛憐。

他不是說成了神不能去愛？這又是什麼？爲什麼在他身邊的不是她！

「什麼神子？他根本就是個大騙子！」紅綢淒厲大吼。

她一直在等白仙公子回眸那眼，小七卻說：我不愛妳。

龐心綺三年的恨意殺了阿夕，那紅綢小姐三百年來的妒恨會換來什麼？

「我一定要毀了世間，讓他後悔莫及！」答案是全人類啊！

「不是出自於愛，所以可以被原諒……應該更不可原諒才對。」我不時撫摸阿夕的身軀，出自一種逃避現實的心態，以爲他會再睜開雙眼，「但是，我覺得妳好可憐，妳還是快點逃吧！」

紅綢瞪大眼，抵死抗拒我的命令，不肯離開這片陰地，她尖叫說就算死，也要看見小七悔恨的樣子。

「如果，我說如果，小七當初沒有成神，在陰間承擔起人世的污穢。妳爲了他跑去輪迴，每一世只能匆匆看他幾眼。眼睜睜看他的毛愈來愈髒，痛苦得要命，妳也會想盡辦法煽動仙宮攻打陰間吧？」

「妳在說什麼？阿七怎麼可以待在地府？他是那麼純白無垢……」

我托住她的臉，嘆道：「小妞，這就是天命！」

紅綢被我弄得混亂，我就是要打破她的所有堅持。她的單戀根本無足輕重，這個世界就是會走到這一步，只是早晚的問題。

「再說一遍，最後一遍，妳走吧！」

她拚命搖頭，直說她想見他，想看他悔恨的樣子，想聽見他大吼她的名字，想要他心中只有她一個，就算是恨也好。

除卻紅綢的聲音，我聽見黑暗傳來幽魅的低語，絕不是人在說話。

「林今夕，生辰……亡於……得年二十，確認死亡……」

心中的警鐘大響，向自己詢問是否做好準備，接受巨變來臨的一刻。

阿夕似乎變得更加蒼白，我再忍著胸口的痛楚看清楚點，他的白不是身體變化，而是因爲地面比剛才更加黑暗，好像在土地上打翻了墨水，比黑夜更純粹的黑暗沉默地擴展開來。

氣溫明顯下降，令人從骨底發寒，就像置身在肉品冰庫中。

我該顫抖兩下的。有人說，鬼魅是人因恐懼投射出的假想，我怕過鬼，在它們欺凌我家小孩而無能爲力的時候，巴不得它們從現實生活中消失，寧可否定人間以外的世界。而從什麼時候開始，這種又懼又恨的心態消失了？

因爲它開口喚道：媽、媽媽。

原來如此，我已經不由自主地喜歡上了，雖然這些年來只是它的假象。

紅綢驚懼地站起，她好歹也是計畫執行長，所以比基層的底下人早一步看出仙宮偉大的陰謀出了差錯。

古袍打扮的術士紛紛從暗處現身，察覺到異變，往我們這處跑來。

「笨蛋，回去，快出去……」紅綢厲聲吼道，卻突然沒了聲音。她吃驚地按住喉頭，一隻黑色小蟲從她的指縫鑽出，很像是暗算阿夕的蟲子同胞。

蟲子在地上朗聲鳴叫，藉紅綢的嗓子叫喚鬼域所有的相關人士。

「快點過來集合！這是四柱朱華之炎的命令！」

這邊視野不好，聲音比手勢好指揮，紅綢怎麼都阻止不了勢之所趨。

我看見地面的黑影浮動起來，整個形狀像是大魚擺尾，它悠游了一陣，最後將魚嘴朝上，張至最大，把集合過來的仙人一口呑食殆盡。

黑影咂咂嘴：「眞好吃。」

我一時忘了呼吸，是阿夕的聲音，阿夕回來了。

但當那隻盤游在地下的魚來到地表，具現出俊逸無雙的人形，卻看得我一顆心又沉了下去。

雖然仿得很像，但不是大寶貝，而是偷了他聲音的逆臣賊子。

紅綢認出他，咬得貝齒嘎嘎作響。

「你悔約，我們協議好的！」

「的確，我會順利拿下陰間。」他笑著走來，把手伸到我面前，「走吧，我的皇后。」

我覺得與其說他是阿夕，不如想像他是年輕時吃仙藥變聰明的龐世傑，這樣我比較能調適過來。

他要押寨，我也認了，只是有個冥婚專屬的擇偶條件：「你會饒過陸判嗎？」

「陸判，誰？」他輕蔑一笑，明知我的意思。

看來他不是那種把底下鬼當成黑森林好伙伴的男子，與我的大同世界價值觀相衝突，那就沒有更進一步的必要了。

「就是你們這些大鬼沒放在眼中、竭盡所長地爲冥土付出的陰魂，等到三界歷史改寫，我保證，史書一定會記著判官哥哥的名字。」

「那也要他活得到那時候。」他擰住我的肩頭，使勁地把我拖起身，我們互相用最賤的臉假笑，「我也保證，陰曹易主，禍首第一個寫上妳的名字。」

「既然這麼討厭人家，就放手吧？」

「情非得已，我繼承他，就得完成他未竟的遺憾。」

我深吸口氣，不要讓喉嚨抖得太明顯，問：「什麼遺憾？」

「在一起，和妳永遠在一起。」

不行，不要用他的面容和嗓子說話，我會承受不住。

就在我快被黑山老妖化成的兒子逼瘋時，白光猛地炸開，把黑影逼出我三尺之外。黑漆的街景刹那化成雪白世界，比正中午還要明亮，讓人睜不開眼。

看見那抹白，我強抑住的眼淚又要潰堤，無助、驚慌、哀慟……種種情緒混在一塊，好想撲過去把他抱在懷中。

「小七！」

他的頭毛和白襯衫亂糟糟一片，想來是歷經波折才趕來這裡。再見到兔兔好高興，但我不知道怎麼告訴他阿晶的死訊。

「蘇老師他……」

「我知道，我都知道了。」七仙平靜地解下頸上那條金鍊子，是王爺公認他做契子時打給他的信物，所以他這一世既是神子，又是亡魂英靈的小孩。

我接過項鍊，泣不成聲，像個瘋婦哭嚎。我真是個大廢物，根本沒有守住這孩子的任何東西，讓他轉眼間痛失義父和恩師。

小七過來，以站姿環抱住跪坐的我的腦袋；他的手非常暖和。

「大姊，等我勝了，再回來給妳擦淚。」他眉眼泛著與這片死地格格不入的金色光澤，也不同於我這個凡婦，不似人間的存在。

黑影捲土重來，再次成形，不氣不餒地選用阿夕的外貌。

「白仙，你想趁機一統三界嗎？」

小七微微擺首，白色劉海隨之輕晃，然後陡然睜大異色雙眸。

「我不管你們爭什麼，今天可是我母親大喜之日，竟敢破壞她的幸福，害她傷心落淚，我絕不輕饒！」

紅綢倒吸口氣，七仙從現身到現在，都沒看她一眼。

「神子，你踩著的可是冥土，而我可是冥間主。」黑影低笑。我聽見它的聲音就發痛。

「這裡的一切，都是我的所有物。」

它意有所指地看向我，把我當作私人財產。

但它只瞧來不友善的一眼，半邊頭顱就被白刀削下。

「不准看，那是我母親。」小七提著沾上黑血的白刀，像是快睡著似地，溫吞地警告了一句。

我抓緊鍊子，注視那個散著白光的男孩子，總覺得兔子不對勁。

黑影又聚回阿夕的形狀，身影比剛才還淡一點，應該有被小七那一手重創到身子底。

「如果我殺了她呢？」

紅綢將荳蔻十指搭在我的頸邊。恭喜她從自作孽的催眠術中掙脫出來。

「拜託不要。」我誠心請求女俠高抬貴手。

兔子老母被活捉，我呆笑看著小七。他臉色如常，沒有生氣也不擔憂，反倒讓我擔心起來。

「就算我不動手，她這身凡胎待在鬼域太久，也會被同化成鬼，等同死去。」紅綢陰冷地笑道，長指甲刮著我的脖子。「阿七，你有無限的時間，而她沒有。」

我打量自己變得暗沉的肢體末梢，就跟躺著長眠的阿夕一樣。眞糟糕，我可能快死了，只可惜我不怕死。

「大姊，妳看妳，腳都破皮了。」

小七完全無視紅綢的存在。要是換作別人，可能是故意爲之，但他並不是這樣的孩子。

「白仙大人！」紅綢吼了聲，小七仍然沒有回應。

「大姊，對不起，來晚了，我想救回今夕哥，一動念就被空間關著。等我趕來的時候，大哥已經走了，蘇老師也走了，眞的很對不起……」

我這個沒心肝的女人，胸口的血都淌不完了，更何況他那顆軟嫩的心，不曉得被傷得有多重？

「小七，沒事的，快過來給媽媽抱！」我不顧脖子在別人手上，急急朝他張開雙臂。

七仙想往我靠近一步，只差這一步，我就碰觸得到他，但他還是收住身勢。

「再等一下喔，我就帶妳回家。」小七認真地哄完我，便提刀與黑影召來的怪物激戰起來。

七仙一轉過身，紅綢隨之頹然地坐倒在地，她似乎明白出了什麼差錯。

她看著小七的背影，失神喃喃：「我被排除在外了……」

「怎麼了？」我總是不自覺地去安慰同性的敵人。

「我了解他，知道師門一夕覆滅是他心上的傷，要是能重演過去的事，他敬愛的兄長與亦師亦父疼愛他的男人同時死去，再加上他最寶貴的母親陪葬，一定能讓他性情大變，墮回凡人……」

「這樣子，他和小九神女就吹了。」

紅綢含淚瞪視著我：「妳閉嘴！像個女人感傷妳自己的事就好！」

感傷喪子之痛嗎？那麼給我三雙眼睛都哭不夠。

我住口，不再隨意接話下結論，兩手托住這個女孩子如鵝蛋白淨的臉，把她擱在胸前。

白派的術法，若非存，即是滅，這是我從羅師父那邊偷聽來的道法。這孩子說，她被排除了，我不敢去想。

「他想救活他哥哥，下意識地動用神力，違背常道。」紅綢以木然的表情說明小七被關禁閉的原因，「待會兒天懲就會下來了。他嘴上說不痛，都是騙人的，他從小到大也只學會這句謊話：『師父、師兄，小七不會痛。』」

「妳眞的很了解他。」明明贏在起跑點上了，只怪沒有個娘親教她怎麼正確追男人。

「他爲了趕來救妳，一定瘋狂想著，不管是法則還是神明，只要是擋在他路上的障礙，一律去除，我也被判定是他來見妳的阻礙。」

我要開口叫喚七仙，她卻捂緊我的嘴。

「告訴他，是他害死了我，請把我記牢……」

她最後一抹念想流進我的腦子，是過去她和成人的七仙相處的情景，兩人並立在種滿花草的小墓園，一地綠茵，紅白相映。

「紅綢，妳怎麼會看上我？我總不能爲妳改名叫『白布』。」

「不知道，就是愛你愛得發狂。」

紅衣少女嗤嗤笑著，笑聲微微沖散了七仙的愁思。她挽住他的手，把額頭靠上他的胸膛，眷戀不已。

她是今天在我懷中消失的第二個人，我好一陣子沒法感覺，思緒當機，距離變成神經病只剩一小片緩衝。

小七似乎感應到什麼，往我這邊回眸，我還來不及出聲警告，怪物的利爪就往小七撲下，小七反手持刀頂住自上方來的襲擊，他的身手遠勝於我的反應時間，總在我尖叫前就進到下一波攻勢。

與小七對打的那一隻地獄怪獸，吼聲像瀕死的犬吠，外皮覆滿堅韌的鱗甲，雙頭四腳，足有兩層樓高，顯然沒有經歷過侏羅紀毀滅；又推測因爲原產地光線不足，視野狹窄，僅有一顆眼珠，眨眼間還會噴出紅色的血霧。

怪物整頭撲向小七，小七橫手一刀，刺穿它的獨目，眼腺分泌的血霧一口氣射了他全身；怪物應聲倒下。

爺說，地底有魔怪名「瞢狟」，巨大而凶猛，皮厚肉粗，眼睛是它唯一的弱處，但這個弱點又叫英雄塚，砍下去的人勢必要承受眼膜破裂噴出的毒液，一命還一命。

這事黑影知道，我剛想到，於是我們都注視著小七。

神仙兔子好端端地站在那裡，等了一會兒，他還是半根毛都沒有少，顯然他的健康體質適用於三界。

「就算是陛下，也避免不了傷害，你怎麼承受得了？」看來這傢伙很久之前就打算要謀殺阿夕。

七仙舉刀對向黑影：「在你們外派的這十來年，鬼差案子太多，我常送迷失的孤魂下來，地獄也幫忙掃過，與各種魔物交手過幾次。第一次被噴到會痛，多噴幾次就沒感覺了。」

我的兔兒，他又若無其事地說了讓母親好心疼的話。

黑影緊盯著倒地的怪物，不由得露出有別於阿夕的嫉恨眼神。大鬼也忌憚的毒害，神子卻無懼於色，直接手起刀落，間接顯示小七比他更上一層。

它咬咬牙，然後祭出下一步。

「眾生，聽我令下！」

頓時，鬼哭四起，陰魂前仆後繼地湧來。小七帶來的亮光很快即被覆蓋過去，純白的七仙成了最醒目的標的。

「它們是長年積累於地獄的死魂，取之不盡，看你怎麼去收服！」黑影得意地撫摸自己的喉嚨。

他能不能換張臉，換條聲線啊？我家阿夕耍狠的等級絕不僅於此。

「對你而言，『鬼王』僅僅如此？」小七質問。我倆眞是母子連心。「陰間由鬼王所生，而非鬼王擁有陰世，連身爲神子的我都知曉的道理，十殿王怎麼可以不明白！你們就是以這種商賈心態輔佐祂嗎！」

黑影臉色大變。它出謀想拿捏小七的心，沒想到看似單純的神仙兔子，卻一語戳中他心頭的痛，眞不該把正人君子和笨蛋畫上等號。

千百隻手往小七伸去，他沒有抽出大刀，任亡魂攢落在地，盡情啃咬他的身軀。

黑影深知神子的悲憫心腸澤被幽魂，小七見它們已經痛苦到沒有人的想法，沒法去傷害它們，這招眞是有夠卑鄙無恥的。

我今天差不多要受夠了，出了那麼多絞碎心臟的事。我的小七，我最疼愛的小兔子，每一寸毛髮我都寶貝得要命，卻變得血肉模糊……

「大姊，妳要學會閉眼睛，我很快就會回到妳身邊。」他平和的話語傳來，但一點也沒安慰到我。

這要我怎麼不看不聽，不爲他心痛欲死？

陰魂吃個大飽，那種身爲鬼，永遠填不滿的缺口被滿足了，然後便一個接一個地化成白光消逝。

黑影略略皺了下眉，從數量看來，餓壞的鬼有千萬隻，神子只有一個，怎麼也不夠吃，應該不用擔心才是。但隨著被渡化的亡魂愈多，即使光芒幽微，卻爲數龐大，累積的白光使黑暗的世界著實明亮起來。

神子再次復生，膚色變得更加透明。

進食的速度緩慢下來，眾鬼從一開始踐踏、彼此爭食，到後來依著先後順序排出行列，在七仙面前跪下骨瘦如柴的雙股，小口捧食他的血肉。

我能體會的是亡者的心情，它們已經無法給予什麼來換取利益，失去活著適用的法則，但還是想要被愛著。

小七說，白派的愛沒有界線，陰鬼的空虛就這麼被填滿了。

黑影無法理解小七的作爲，靠爭強出頭的它，實在理解不了扶弱這種無意義的事。善者該是無力反抗強權的弱者，世間推崇的善事本於自我滿足，沒有目的的付出根本是腦子壞了。

而如果只是一點好、一盞微弱的明燈，兩根指頭就能掐滅，對方也無須改變弱肉強食的想法，但偏偏這尊聖潔的靈魂是那麼地強大，能夠安然地在黑暗中死去，又在黑暗中重生。他已經突破凡胎，自立生命的輪迴。

當他第七次重生睜開眼，亡魂已經無法再把他當作食物，不願再傷他分毫，從他身邊到視線不可及的邊際，眾鬼紛紛朝他伏下頭足。我環視四周，密密麻麻的鬼魂跪了滿地，我能感覺到它們向小七投注一股類似信仰的虔誠，用心仰望著他。

小七只是淡淡地說：「眾生，聽我令下，回去休息吧。」

聽小七的語氣，還以爲他比在陰間混了千百萬年的十殿大鬼更熟悉鬼。

黑影自恃拿到阿夕的聲音，以爲從此能在陰間呼風喚雨，阿貓阿狗絕對遵從他的號令，沒想到小七一句話，就把眾鬼陰魂都遣送回老家，再次使兩方高下立判，這要它怎麼接受得了？

「本來，我可以等著祂衰弱死去。」黑影摸著自己的胸口，想像它就是阿夕本人，「你究竟憑什麼？」

以我對阿夕的了解，鬼王陛下相當執著，冥世是祂的國家，縱然祂不喜歡，一邊治國一邊痛苦得要命，但責任感讓祂硬是苦撐下去，勢必要在離職前把地下世界託付給足以信賴的人，絕不隨便湊合。

祂的心受傷了，所以無法去愛祂的子民，把它們說得卑賤可笑，但不代表祂願意看著已經無處可去的百姓被繼任者糟蹋。

小七上輩子甩下眾鬼登天，祂可能覺得很失望，以爲白仙終究只是個獨善其身的修道者。這麼比較起來，天帝慧眼眞比祂好上一些。鬼王陛下……唉，好拗口……阿夕這一年來與小七共同生活，才眞正明白，當初眞不應該放他走。

七仙懷有的力量，足以保護一個世界，認眞上進，笑起來很可愛；而我想能讓阿夕這個挑剔婆婆承認的關鍵在於——小七承諾會對鬼好。

不知道有沒有鬼發現，或者是我會錯意，阿夕並不認爲自己是個好君主，他怎麼努力，國家還是一塌糊塗，國中資源匱乏、對外打輸仗、公務員嚴重流失、小人得志、良臣要處死了，讓他下意識地否定鬼王的身分。

他想要的是一位比他更優秀的王者，而千萬年看下來，也只有我家小七勉強夠格。

回到題上，小七憑什麼？憑世上最難以撼動的主觀，他就是鬼王眼中最好的人選。

可是，這又撞到三百年前的同一個點上，小七願不願意？

小七回大鬼說：「我不知道鬼王看上我什麼。」

我家兔子沒有惡意，只是人家想到要發瘋的王座，他卻可以選擇要不要坐上去，再次區別出彼此地位的高下，讓對方看他看到眼瞳都變得赤紅。

「我最討厭你這種自命清高的態度，以爲自己手中沒有染血就能一身白衣，你也不過是靠著別人替你去死！」

他罵的應該是天上那一位病弱的金髮聖上吧？關小七屁事？

「爲了不讓陸判再放白派一馬，我可是在一旁盯著他們受刑。」

我聽得一怔，看向小七僵硬的背影，直覺這是對方的殺手鐧。

「什麼意思？」七仙沒辦法不去問，爲對方開了將槍頭直刺自己胸口的路。

黑影得逞地笑著，手一揮，把黑暗化作露天電影院，播放起他截取的鏡頭；畫面晦暗，是我和小七曾經摔下的地獄入口，地獄的火不時地灼然冒起，混合著亡魂的哀號。

六個白袍人成排站在被獄火燒得炭黑的崖邊，神色自若，就像我記憶中家庭旅遊卻迷路到深山的輕鬆臉孔。小七上次見到我家人卻叫師兄，我現在似乎也明白了一些他當時的矛盾心情，雖然相貌不同，又多了一個出來，但我知道那是我的家人。

他們下地獄並不是因爲罪過；臨行前，他們低低吟唱了起來。

「我願化作冥世的塵土，讓那孩子不必回頭望。」

「並非捨得分離，也想一直守護著他。」

「並非不貪生，也想一家子團聚。」

「但我們只是凡胎，怕歲月改變心意，乾脆永遠死去。」

「永遠死去，才能望著永生的他。」

「白毛仔，你這個大笨蛋！」

「哇啊啊，老六，不是說好不能哭嗎？」

處理完鬧脾氣的小叔，我那位美麗動人的老母，向判官哥哥一鞠躬。

「小萍是你託給我們的孩子，相信你會照看一二。」

即使心知肚明這已經是殘存的記錄，我還是在嘴邊輕聲喊著：媽媽，不要這麼淡然，不要丟下小萍。

他們彼此牽著手，闔眼往身後的地獄躍去。

「師兄！」小七撲抓過去，卻只撈得一場空。

「神子，汝仍自認無辜？」黑影大笑起來，終於讓它看見與白仙對決的勝算，「我醜惡，可至少沒有害得兄弟魂飛魄散。」

小七半抱著頭，眉眼盡是絕望。

永遠死去，才能永遠伴著永生的他……那溫柔的語話不停重播，著實讓人聽得心碎。

「你在天上澤被萬物時，他們根本感受不到，因爲他們永遠都是被神拋棄的亡魂！」

黑影從袖口拉出鐵鍊，往心神大慟的小七走去。

我在他們身後，目睹它召來的投影起了變化，六名白袍者不再重複躍下地獄的動作，反而轉過身，持劍貫穿黑影的胸口。那一剎那的劇痛，讓它變回原本的面容，沒法再掛著阿夕的臉。

「敢欺負我們白派的小寶貝，你天大的狗膽！」

七仙抬起頭，怔怔地望著只存在於投影畫面中的白袍，連我也看得目不轉睛。

這世身為我母親的漂亮男子，鬆開手中的長劍，任黑影跌落在地；一旁的白袍眾人齊聲為他鼓掌，辛苦了小朱太太。

「小師弟，你要記著，這世上最不能得罪的，就是判官葛格了，官再大也沒用，照樣陰回去。」

小七傻傻地點頭，我很懷疑他有沒有明白我們家人的思路——就算有十殿王在一旁監刑，判官大人還是有辦法留一手，靈活運用在此時此刻。

與其讓壞蛋揭穿他們的祕密來傷害小七，不如由他們竭誠布公，承擔住離別的悲傷，和真相大白的後果。

「小七，你要好好地過日子喔，師哥們會在底下看著你。雖然形體不復存在，但至少還能記著你，不會把你拋下。」

七仙剛才還是個刀槍不入的神子，看到哥哥們，就變回軟趴趴的小兔子。

「師兄，小七好想你們……」他帶著哽音喚著。

「哎喲喲！」我家人這群小男生控，幾乎要為他融化，「你是個男子漢了，要保護好母親，別讓人小瞧了白派，你可是師父引以為傲的七弟子。」

「我也會保護好我們的兔兔。」我也想站在能保護小七的那方。

「小萍，算了吧，拜託妳快點嫁一嫁，省得我們不放心。」

我感覺到差別待遇了，平平都是受他們用心養育成人的小寶貝，難道我就比較不可愛嗎？

「上次在地獄沒跟妳說清，我們很抱歉無法爲妳遮蔽風雨，看妳這麼疼愛小七，眞慶幸把妳養成好女人，但也僅此而已。妳不要牽扯進來，會受傷的。」

我嘴唇動了動，不敢明著忤逆他們，只是無聲地說：來不及了。

賊人重傷倒地不起，由它所呈現的一家子影像也維持不了太久，畫面轉成灰白，模糊起來，不時發出有如電磁波干擾的沙沙聲。

小七伸手想拉住他們，卻穿過投影，徒勞無功。

身死成鬼，他們又散了魂，存有的質與量大概比鬼還不如。

我看他們袍袖下彼此緊握的手，臉上堆滿笑，不敢回應，怕一個不小心，就把小七拖入萬丈深淵。

他們溫柔的嗓音在我耳邊繞著：「小萍，對不起，還是麻煩妳照顧這孩子。」

我會的，就當作是回報你們的養育之恩，也爲了我自己。

他們化散出的魂光非常微小，但因爲有他們從小疼寵的感情在，我覺得這是世上最美的光景。

小七跪倒在地上，腦袋叩在地上，遲遲沒有起身。

那一劍，使得黑影就像缺水的田地，從傷處龜裂開來，碎成好幾塊。它也明白要動神子就得趁他爲家人神傷的現在，著急地想再聚合破碎的魂體。不料，它的碎片竟像跌到水杯中的黑糖，從邊緣處逐漸與這片陰地同化。

黑影驚恐地嚎叫；原來它叫起來，也和所謂卑賤的亡魂差不了多少。它生吃了那麼多仙士，沾沾自喜，沒料到螳螂捕蟬黃雀在後，自己竟會被更上一階的獵食者呑噬掉。

「是你說殺了你就能取代你，可以吃了你、成爲你！您要背棄諾言嗎？陛下！」

沒有回應，它大概忘了祂金貴的嗓子並不在身上。

「爲什麼！」

人死留屍，鬼死去卻是一片虛無，煙消雲散。

一地鬼域大震，潛伏在暗處的大鬼破繭而出，無形無狀的壓力遍布在空間中，肩頭沉重如鐵石，令人喘不過氣。

我望著從阿夕身軀延伸出的巨大影子，像是黑暗的集合體，又有種黑暗因祂而生的幻覺，隻手就能籠罩我和小七所在的天地。視線所及的建築，在祂的長嘯聲中碎落瓦解，所有的地上物均告消滅，僅留下我和七仙。

鬼王降臨。

祂從磅礴登場就一直背對著我，專注盯著伏地的小白兔子。

「阿夕！」我飛奔過去，從身後摟著我雙臂環抱不住的腰身，「你還在，太好了！」

祂稍微轉動脖子，卻沒有眞正回頭望。我忍不住啐了聲小氣鬼，然後把夜色當作衣袍的祂，就輕輕用袖襬把我收攏在臂彎裡。

我改變心意了，只要寶貝兒子不要走，媽媽什麼都答應他！

「你贏了，白仙。」祂說個話也深具威嚴，不愧是眞品鬼王。

我聽了連著點頭，我們小七兔眞的好厲害。

小七緩緩從跪坐的姿勢站起身，神情嚴肅地對上他大哥。

「天帝聖上……我到天上時，祂已經十分虛弱，每次從昏睡的夢中驚醒，總是祈求著原諒。我在的三百年，祂的病情才比較穩定一些。」小七掩不住悲傷，「祂明言，只要殺了妄動的鬼王，就立刻傳位給我。」

「正好孤也向法則立下條約，只要你殺了我，你就是陰間主。」

「你們兄弟在說什麼？爲什麼媽媽聽不懂？」

攬著我的大鬼沉默，小七只是垂下眼，避開我的追問。

「我不知道原來你是陰曹的主君，就算這一年來你有意爲之，我還是把你當成兄長。我不可能殺你，殺兄弟是畜生。」小七站立的樣子有些怪異，右手不時地握緊左手腕。

「不殺孤，孤也不打算放過你。」

無數鐵鍊從小七所在的四周甩出，像是有生命意識般，自動攻擊他能活動的四肢。小七雖然以刀打落大半，手腳還是被躲過他白刀的鐵鍊纏上。鍊子一扣上他，就沒入他體中，不只限制他的行動，還要禁錮他的魂魄。

小七曾說他下凡帶著層層禁制，犯天條就多鍊幾層，後來是靠阿夕幫忙解開還他法力，所以阿夕也知道該怎麼把鍊條鎖回去。

挑戰不過他的強悍，乾脆削去他的力量。

小七雙手被強制拉開，左手一片瘀青，是他自己掐出的痕跡。我見他動作遲緩、額際冒著冷汗，想起紅綢的話，那個沒有天良的「天懲」來了。

「阿夕，你在做什麼！快住手！沒看到他很痛嗎！」手腳和心都是，我忍受不住，小七可是為了救他才被渾帳天規反噬，承受錐心刺骨的折磨。

鬼王卻無動於衷，鍊子不停地往地下收攏，拖行著失去反抗能力的小七，要帶無罪的他下地獄，無謂他的意願。

不管天上地下，他們一點也不珍惜這孩子，明明他的心那麼好、那麼善良懂事，怎麼看都是絕無僅有的寶貝啊……偏偏這世上除了無能的我，愛他的人都不在了。

鬼王陛下攬著我，又成功地監禁了神子，江山美人俱在，這陰謀太成功了。

「林之萍，來，妳想要的，我都已經爲妳準備妥當。」祂的聲音透著一絲笑意，實在非常迷人。

「陛下，這眞是我的榮幸啊！」我紅著眼應道，「只可惜，我不願意！」

祂終於肯正眼見我。之前見到瘟，我被嚇得兩晚睡不好覺，但瘟的恐怖在鬼王之前，根本連根蔥都不如。祂的頭顱比起身子來說，並不算大，但依然是我這個人的兩倍巨大，沒有頭髮，凹凸不平的顱頂長滿爛瘡，右額頭骨還碎了大半，像是從高空墜落造成的傷。沒有鼻子也沒有嘴唇，眼皮脫落，裸露出黃濁的眼珠，狠厲地直瞪著我。

我屏住呼吸，這比我之前在地府銅鏡中看到的還要嚇人，可能是新死不久，沒時間化妝。

祂剛才一心一意要拖小七去死，見我這樣反應，總算轉移目標。

「妳說過，妳絕對不會怕我。」

我避開祂指尖的觸摸，比著阿夕的屍體。

「抱歉，那才是我百般疼愛的孩子！他已經死了，頭也不回地走了！」

大鬼張開血盆大嘴，活像個現成地獄，隨時都能把我吞噬。

「大哥，你要殺她嗎？」小七咬牙掙扎著，一臉不可置信。

祂回頭，望向雙足已經陷入地下的小七。

「弟，施捨你這一年，我只是拿回原本的東西。」祂只用手中兩指，就完全包挾住我，稍微用點力，就能把我掐碎。「如果沒有你，就算我不帶她走，她死也會跟我下去。」

雖然這話很可惡自私，卻是事實，過去的他可是林之萍唯一的大寶貝。

我沒讓祂囂張太久，出言譏諷情緒不穩的祂。

「眞好笑，看看你對我的恩人和家人做了什麼？還有我好不容易才得來的歸宿。想當初你下旨消滅我下得那麼爽快，所以我也決定要狠狠地拋棄你一次，誰要跟你這種噁心的傢伙待在永不見天日的地獄，作夢！」

十多年來，我從未對祂惡言相向，而我現在還有許多惡毒的言詞預備著。我踹著祂的指尖，恨不得逃離祂的碰觸。

祂竟然毫不猶豫地傷害小七，枉費我在心裡不停地爲祂辯解大魔王的格調不是小嘍囉能及的，結果還不是一樣！

在我被發怒的大鬼握成碎肉前，白光閃動，小七拖著沉重的鐵鍊俯衝而來，奮力砍下鬼王要置我於死地的右手。

「大姊，妳還好嗎？有沒有哪裡痛？」

我哭喪著臉攬住七仙的肩，這是媽媽的台詞吧？

我雙腿抖個不停，幾乎要站不住；我握起小七的手，不去看身後的大鬼，準備帶兒子離開這個鬼地方。

「林之萍，站住！」

我和陰溝裡的蟲子一樣，與他相處了十來年，一旦眞的動氣，他的命令對我絕對效用不彰。

「林今夕，你太過分了，我決定要跟你分了！」

祂撐著斷臂起身，一傾身就越過我們前頭，阻擋住任何出路。看祂受那麼重的傷，也沒人問祂痛不痛，我就算是凶手，也看得難受。

祂一雙眼紅得就像要滴出血來，左手想再抓娃娃一次，卻被小七的白刀擋下指爪。

「我說過，我不會放手！」

鬼王陛下的感情用事，可見一斑。祂只要撇下我，以主場優勢與兔子較量，勝負還未可知，但祂卻放任我擾亂祂的心神。

可見祂內心多麼渴望我會不顧一切地選擇祂。對祂來說，那才叫作「愛」。

就說我不適合祂，祂還死都不信。林之萍不是爲愛走天涯的勇者，而是十足的膽小鬼，這樣濃烈到即使毀滅一切也在所不惜的感情，我不敢要。

「大姊，閉眼睛。」

不行，我要凶狠地瞪著鬼王，讓祂明白我的憤怒。

「妳知道我會痛，心疼我，可是看這座死城凋落的樣子……空間會反映出所有者的情形，大哥……狀況很糟。」

我在聽，尤其是最後一句。我面對著鬼王陛下恐怖的臉孔，想起以前小夕生病總是拉著我的手不放，完全不講道理，就是要我陪著他。

我想那個病一定很難受，但他絕不說一個痛字，只要我陪在他身邊。

「大姊，請妳閉上眼不要看，我怕妳討厭我。」

「為什麼？」

小七橫手執起白刀，眼中滿是決戰的氣魄。他思緒不若鬼王瘋狂混亂，只想要保護好媽媽。

「為了贏，我必須傷害妳最深愛的那個人。」

小七的話讓我陷入片刻恍惚，說什麼最愛、比較愛，不都是我的寶貝嗎？

記憶中，那個蒼白的孩子躺在病床上，我是為了生活才不得已去工作，不然實在捨不得離開他。

護士小姐說我太寵孩子，害他就算發病也不肯反應，一定要我在場才肯說出哪裡不舒服。從小看大，他性格強勢，絕不向人示弱，我跟他說過這是吃虧的性子，他就是不肯改。

當鬼王第一次倒地，我的心幾乎停止跳動。

就教你不要那麼倔強，回來媽媽身邊，就算日後因個性太傲而高學歷失業，我也會養你，我們一家人再一起生活。

祂支起巨碩的身子，小七氣喘吁吁地舉刀相向。

我努力回想這一年來做錯了什麼，讓今日他們兄弟倆自相殘殺。

「不要打了，我們回家好不好？」這句話被我含糊在哭聲中，恨死自己終究是個毫無用處的凡人。

小七被巨手抓起，從高空擲落在地，在地面磨出一道清晰的血痕。

我快瘋了。

鬼王趁勝再次拾起半昏厥的神子；小七虛弱地提刀，刺入祂的掌心。白刀插在大鬼手上，看起來像只小圖釘。小七握緊白刀，呢喃唸起咒文。

鬼王僵住手腳，第二次倒下，引發的地震連帶地讓我跟著摔倒，聲響也大到讓我暫時失聰。

小七滿頭鮮血，拖著腳步接近鬼王的額際，動手把祂濺出腦殼的漿液抹回去，又撫著祂被尖石刺破的濁黃眼珠。

「今夕哥，對不起，眞的對不起……」

鬼王不放過苦肉計造成的機會，攫住哭出來的七仙，就要往血口中吞下。

我放聲尖叫：「阿夕！」

鬼王的動作頓了下，就在這一刻，白刀飛擲刺穿祂的咽喉。

祂困著小七的五指緊縮兩下，最終鬆開了手。

夜色褪去，視野大亮。全身是傷的七仙昏倒在地，我在混亂的婚禮會場抱著阿夕的屍首，抑著泣音，顫抖地去覆住他半闔的眸子，一碰上就流出淚來……

……

祂赤足走下陰間，避開公差駐紮的地方。

孰料，不遠處一鬼煢然孑立，提著紙燈守在黃泉路口。

「陛下，一路風塵，請讓我為您更衣。」點點微光映著鬼判的容顏，這是在偌大的冥間中，祂最不想見到的鬼。

他熄下燭火，不讓祂赤裸的身軀暴露在他以外的視野中。他解開攜來的布包，拿出備妥的華服，長跪下來，親手為祂穿戴。鬼判預料到祂會以生前的人身歸來，衣服很合身。

「陸判，我想，我明白你所謂的人了，眞的很痛。」

鬼判頓下結帶的動作，仰起頭，直望著祂。

「十年，這本是您欠白仙和她的，請不要怨。」

祂糾結地闔上雙眼。

後頭傳來孩子哭啼的聲音，穿著小熊外套的娃娃跌跌撞撞地跑來。祂看著，幽寂的眼中忍不住顫動，不等腰間的玉別好，就轉身奔去，低身摟住孩子。

「小傢伙，不是跟你說留在媽媽那裡？」

「爸爸、爸爸……」孩子哭得滿臉淚痕，只是努力地埋進祂的懷裡。

祂低身抱起娃娃，沉默地回到原處。鬼判看著祂的冕服沾滿鼻涕淚水，無法再勸解什麼。祂就是這樣，太過貪心又不夠狠心，女子和陰世都想抓牢，才會落得一無所有。

「陛下，您的五感幾乎壞光了，又抱著孩子，行路請小心。」鬼判再三囑咐，黃泉路險不好行。

祂望著前頭提燈領路的鬼判，待祂歸位，他就要消失了。

「陸判，你怨孤嗎？」

大概許久未聽見祂這麼溫和地喚著他，鬼判被那動聽的嗓音迷眩了一陣，如果行刑前能再聽一曲就好了。

「不，一點也不。」

告別式

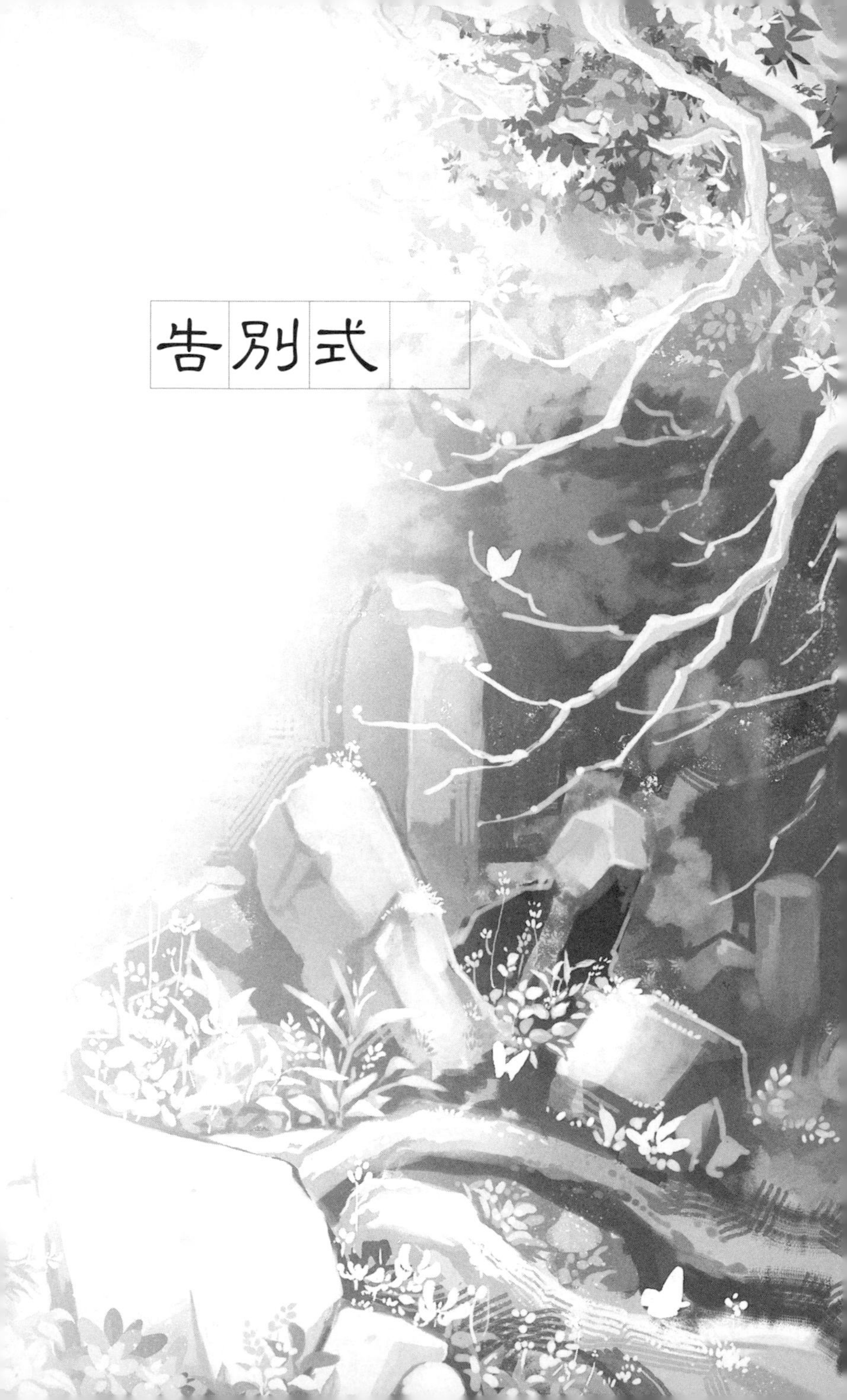

我不知道喪禮怎麼開始、怎麼結束，只知道阿夕走了。

「大姊，妳會餓嗎？」小七輕搖我的肩頭，神情憔悴。

我虛弱地拉扯他的臉：「瘦了。」還我兔兔肉頰。

「我不要緊，看看妳的樣子，老了好多。」小七撫著我一夜花白的髮鬢，看得出來他很難受。我這個媽媽要死不活的，這幾天都是他一個人撐過來的。

不得不振作起來，不然誰來養兔子？總不能讓小七自己到外面覓食，他怎麼說也還是隻小幼兔。

我退還了蔡董事的房子、停了萬年使用的手機門號、找到僻靜的地方照顧兔兒。我向來是個懶鬼，但所有的事，我都在阿夕頭七那天就解決乾淨，包括那一家子的愛恨情仇。

龐世傑押著剃成平頭的龐心綺來見我，我對殺人凶手沒興趣，只問他總經理人呢？他黯然地說，這幾天董事改選，他爸忙著鬥倒他媽，沒時間來上香。

我說，阿傑，幫個忙轉達，我這輩子都不想再見到總經理和你們龐家人。

龐世傑看向在室內低頭祝禱的小七，冷不防地奔進去抱緊他。這也是我絕情的原因之一，不可以讓人再搶走我僅存的孩子。

龐心綺上了手鐐腳銬，用失焦的眼珠望著我，門外就剩我們兩人四目相對。

「妳變得好老好醜，林今夕不會再喜歡妳了，嘻嘻！」

「妳當初威脅阿夕什麼？要他陪講寂寞電話又給妳接送。」

她自嘲地笑了下，眼神恢復短暫的清明。

「我發現他是個戀著自己養母的變態。你們關上門可以盡情地相親相愛，但是一旦捅破，妳就完了。妳會爲了維護他的名聲而把罪過全都擔下來，身敗名裂。我對他說白了，他才知道害怕，努力去喜歡茵茵。可是喜歡一個人，怎麼控制得了？」

我呼口長息：「那麼，是阿夕拜託妳殺了他嗎？」

龐心綺綻出美麗的笑，從認識以來，她就是個驕傲的瘋子。

「所以，我比妳還要愛他。」

□

這條路實在走不下去，他就離開了我。

我重新尋找事業的第二春，中年失業眞的好可憐，好不容易有人撿去配，主管卻是個心理扭曲的歐巴桑，成天找我麻煩。照理說，我這個大嬸應該不甘示弱地把阿桑主任鬥倒，但我卻柔順得像隻受傷的兔子，領著微薄薪水，任由無良主管宰割。

陳妹妹問我怎麼不回去上班，我誠實地回說實在太傷心了，想要逃離任何與亡子有關的地方。

小草他們輪著來找我，可我再也沒臉擺出姨母的架子，渾渾噩噩地應對著。

「之萍姊，我多少會埋怨妳沒有跟著他去，但妳還是要保重身體，好好活下去。」小草說得泣不成聲，「我們竟然讓他孤伶伶地走黃泉路，什麼君臣？結果不都是笑話！」

琳琳說小草盡心打理著林今夕託管的學校，受益者又是那群無知的大學生。她還說，花花原本好轉的鬱症大爆發，爲前男友哭得死去活來，哭完就到處找小熊，演藝事業停擺。格致再想殉死，也不能扔著女朋友不管，全天候陪在花花身邊。

「他要是全爲了國家，我就陪他一起下去，但他死得實在是私心太重。」琳琳說著，突然拍打我的腦袋，下手毫不留情，「妳別發傻，弄得我們也不知道該怎麼勸妳，好歹掉滴淚啊！」

這是我最後一次見到乾長女，她提著全罩式安全帽，坐上男友的黑機車，說要眞正去訪視民情，盡一點地下公務員的職責，回頭她還有千萬年的時間要治理陰曹。

古意送來一部可以拼成坐墊的佛經，我看不懂，小七在睡前唸了兩句給我聽，我就呼嚕嚕地睡著，非常感謝他的好意。

小玄子哭著說他放不下羅師父，師父疼他，他要奉養師父終老。我只是反覆說著沒關係，也不會換一下詞彙。他臨行前抱著我，還是叫我姨姨。

他們走後，爲了重新開始，我也試圖忘記我十多年的命根子，可是成效不彰，連看到包包裡沒人整理的發票，都會眼眶發酸。

他走得很狠，把我原本的喜怒哀樂也帶走大半。

我下班路上都在發呆，走走停停，被按過百來次喇叭，但是被人連名帶姓地喚住，倒是第一次。

「林之萍。」

我回首，是當上總經理的老王。婚禮一別，我就像躲鬼一樣地躲著心愛的胖子。

我不用照鏡子也知自己滿臉老態，身上是洗舊的便服，不太想讓他見到這副可憐相。

「哎喲，這不是王董嗎？好久不見！」我決定速戰速決，熱情是掩飾尷尬最好的工具。

他凝視著我，我不太自然地別過臉。新工作又沒有胖子好勾引，我連化妝都懶，心如死灰。

「那個該死的臭小子……」他咬牙說道，千想萬算，沒料到阿夕會拿自己下狠手。

阿夕早提醒過，他得不到的東西，寧願把它掐個粉碎，也絕不讓出去。是我沒有放在心上，咎由自取。

陳妹妹從轎車的另一邊下車，穿著黑色套裝，像是剛去參加喪祭。

我和老王無語對看，她一來就打破我們之間的沉重，激動地握住我的手腕。
「之萍姊，好人不是該有好報嗎？看妳這樣，我不知道這社會還有什麼可以信的！」
「信任妳的心吧？志偉就拜託妳了。」我拍拍陳妹妹肩頭，快步離開他們的視線，不太由衷地祝他們幸福。

□

我失魂落魄地拖著腳步回家，隱約聽見廚房傳來聲響，鞋也沒脫就直奔過去。
「阿夕！」
人死當然不能復生，原來是踩著矮凳煎蛋包的小七，那雙異色眸子傻怔怔地望著我。
「沒事的，兔兔，對不起，嚇到你了。」我失落地轉走，又想到現在沒本錢當個閒職母親，於是回過頭來想接手晚餐。
「大姊，妳去休息，我煮飯給妳吃。大哥有教我，不會太難吃。」
阿夕過世以來，小七總是輕聲說著話，怕震開我心頭的傷。我想上前擁住他，卻強忍著意念，反覆叮嚀自己不要一錯再錯。
「小七，你怎麼把白襯衫穿出來？」

「蘇老師今天公祭。」

我聽得大慟，他的神色難掩哀戚。

蘇老師年輕早逝，膝下無子，小七代執子禮。上香的時候，在嘴邊輕輕叫了聲「爸爸」。他很自責，即使盡力保持距離，還是這般結果。

我只顧自己難過，沒有考慮到小七的心情，他還強打起精神想擔起阿夕的責任，說不定那顆笨頭一心認定是自己害死了哥哥，還連累到老師。

我們對坐著吃飯，沒有開心的話題，平常那些沒營養的對話不曉得蒸發到哪裡去了。

「小七，嘴角有飯粒。」以前的我，會趁機啾上去吃乾抹淨，現在卻四大皆空。

「嗯。」他乖巧地拿下來吃掉，「大姊，我們還是不要太親好了。」

我同意。我想了很久，以爲不知分寸就是毀了阿夕的主因。

夜半，我在單人床鋪上輾轉難眠，拚命忍耐，卻忍不住頻頻將目光投向兒子的房間，最後還是抱著被單，抽泣著來到兔子臥房。

「小七，媽媽睏袂去……」

七仙也沒睡，背對著我坐起身，不禁斥責：「妳也太沒用了吧！」許下的諾言，不到半天就徹底背棄。

他嫌歸嫌，仍然挪出大半草窩給媽媽睡。我側躺在床鋪外邊，環著削瘦的寶貝，不時抽吸鼻子。

「大姊，妳是爲了我才留在人間，對不對？」小七悶悶地問，我揉著他光澤黯淡的頭毛。

「才不是，我只是不想去烏漆抹黑的地府度過餘生。」我早就說謊成精，無所不騙。但是，騙子總是不敵固執的傻子，說到海枯石爛，他的心依然揪痛。

「是我毀了妳和大哥的家，對不起。」

「才不是小七的錯。」我也不知道想澄清什麼，只是一股腦地反駁，「都是媽媽不好，絕對不是小七的錯……」

無論有多少凡人無能爲力之處，最後仍是我做下的選擇。

小七微微抽搐了一陣，翻身過來，臉蛋都是淚，我也哭得亂七八糟。曾經那麼幸福快樂，無知中失去、明白了又失去，簡直痛不欲生。

我們哭到睡著，袒露出心底那塊怎麼也堅強不了的脆弱，相擁入眠。

我作了個夢，大概是潛意識爲了逃避傷痛而營造出來的幻境。

年輕的我偶然碰上一名未婚小媽媽，她哭訴著已不堪負荷，想把幼子託付給合適的人家。

我自告奮勇，把那個白髮異眸的小男孩抱進懷中，遠離所有本該所愛的人，我們母子倆就這麼平平淡淡地過一生。

下班遇上冷冽的冬雨，我打開包包，空空如也，不禁責怪起中年失憶又忘了帶傘的自己，昨晚看氣象預報不該只注意主播的大肚腩。

正想冒雨回去，對街走來一名白衣少年，七仙撐著黑色大傘來接我。

「啊，香菇。」

「不好笑。」

這是我十多年來頭一回遇雨沒有想起阿夕。

我們在雨中牽著手，蹦跳地踩著水窪，搖搖擺擺地哼著歌。

「一隻兔子、兩隻兔子，兔兔母子在一起——」

「我是老母、你是小七！兔兔永遠不分離——」

家人死後，我開始流浪，像是尋找著某個遺失的寶物。

直至一年前的夜，我被牽引走向墓地，遠望見那一抹白。當少年轉過身，那雙異色眸子對上我，才知道林之萍這輩子尋尋覓覓，都是爲了與他相遇。

那之後

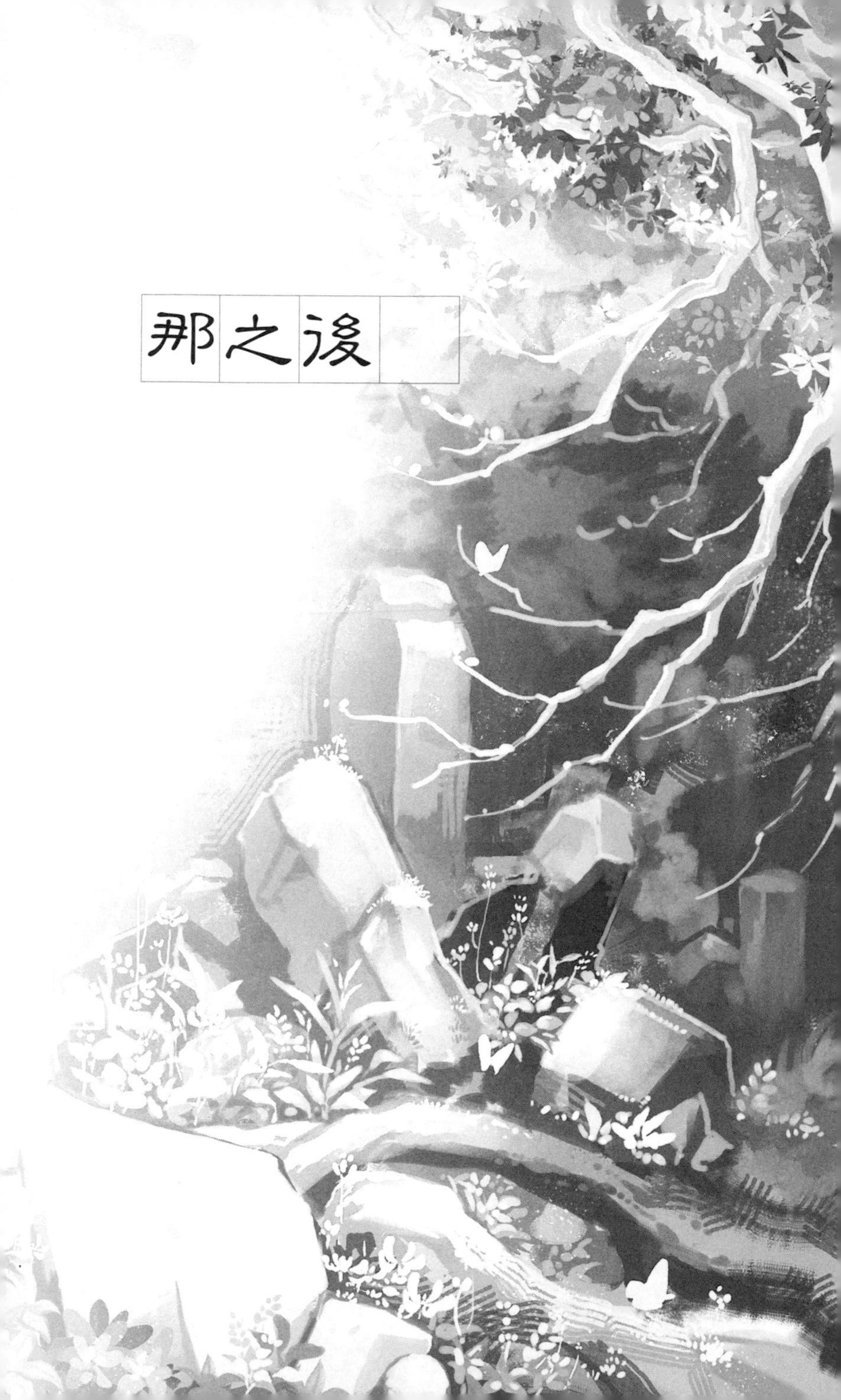

週末午後，我和兒子吃飽飯，兩人並肩躺在地上，奮力伸長手，比賽誰的兔子耳朵比較長。

想當年，我的長耳可是有嫦娥娘娘背書，廣寒宮無人能敵，沒想到小七後生可畏，硬是超越我這隻前輩一個指節長。

勝負已定，老小兔子累倒在地，這可眞是個勞心勞力的競賽。

「爲什麼我總是會對妳的蠢事認眞？」他對著漏水天花板放空了一陣，糾結的樣子也好可愛。

「因爲寶貝喜歡媽媽啊！」我臉不紅氣不喘地說道。

他闔上雙色的眼，沒有否認，我的右手爬過一塊瓷磚，把他的手爪子牽起來搖。搖一搖，他反手扣住我的手指，把我生出老人斑的兔爪安靜地擱在臉上，輕輕蹭個兩下；修道之士連撒嬌都這麼含蓄。

「大姊，我去打工了。」一會兒，小七翻身起來，拉了下幾乎遮不住腰身的上衣，褲腳也快比腳踝高了。

「小七，你好像又長高了，再這樣下去，媽媽是不是要叫你大七？」身爲母親，我應該開心，但是親眼見到可愛的小男生慢慢轉大人，還是難免百感交集。

「我腿沒斷就會繼續長，妳叫『小七』就好，換個暱稱，我又得去想妳在演哪齣。」

他在青春期停止生長了好一段時間，我曾以爲他一輩子都會嬌小玲瓏，但可能他剛來那一年被餵養得很好，睡眠和營養素都有補起來，高中畢業以後，便竹子似地抽高，一暝大一寸。

小七沒有繼續升學，他肯乖乖把高中唸完，也只因爲那是蘇老師的願望。想到他認眞地坐在位子上，蘇老師卻再也不會微笑地走進教室，我就不知道該怎麼在他放學回家後哄他不難過。

畢業典禮那天，他們全班同學一起去探望蘇老師。第二公墓又回鍋成市立示範公墓，蘇老師的衣冠塚立在原本王爺廟的位置。我帶花趕到時，即見到小七頭足完全伏在墓前，而同學則在一旁大哭不止。

從此，小七開始全職的道士生活，不時有委託人上門，懇求「白仙」援手，就算我們輾轉搬了幾次家，感謝函總是能正確地寄到新地址來。

他又爲了不給我養，另外在貨運公司兼差，是領日薪的搬貨小哥。工頭大叔看小七乖巧，不會像一般管理頭頭那樣計較小七臨時接到趕妖除魔的案子，請完假就在公司廁所消失無蹤這件事，還會招待小七吃點心。

小七都把點心留下大半帶回來給媽媽，媽媽好感動。

「大姊，妳不要亂跑，想去哪裡都要等我回家。」小七出門前，再三投來囉嗦的目光。

「知道啦，媽媽會乖。」我雙手並用地揮舞著，歡送兒子出門。人老了，閒著沒事總愛翻相簿，本子裡收了將近百張的全家福合照，每一張都快被我看爛。

我抽出快要被摸爛的帥哥抱熊照。當時拍完照，阿夕突然嗷嗷叫，抱著熊寶貝撲進我懷裡，他難得有孩子氣的動作，我沒辦法不懷念。

今夕，媽媽好想你和小熊，不要再生我的氣，好嗎？

就在我盡情懷念亡子的時候，家裡來了電話，是杜娟那間事務所，請我前往辦理遺產繼承事宜。

開什麼玩笑，我帶著怒氣動身去確認那通詐騙電話。可是當杜娟一臉哀悽地把素白信簡和我當初還給他的鑰匙遞過來，我就忘了該怎麼生氣，感覺整個人被抽成眞空。她還連聲抱歉說這麼晚才通知我，實在是委託人堅持不讓我參加喪禮。

我握著鑰匙，坐車到高級大廈。管理員先生還記得我，脫帽向我致意。

「王太太，節哀。」

我勉強擠出微笑，拖著雙腿上樓。

明明是單身男子的房子，卻很乾淨，沒有人氣。聽說阿晶離世之後，他幾乎天天睡在公司，完全埋首於工作。陳妹妹喜歡他，但他卻放任她被年輕小伙子追走，枉費他賺那麼多錢，又帶不進棺材。

我進到他的臥房，床頭的木質相框是房間裡唯一沒有實用性的裝飾物，太突兀了，我忍不住拿起來看兩眼，原來是我們的結婚照。

我記得原版婚紗照，經我努力不懈地打滾耍潑，放大到可以鑲滿整面牆，他卻偷工減料到剩一小塊，刪除全家福的背景，只有我倆相擁入鏡。

眞奇怪，我這個掃把星不是離他遙遠？爲什麼還是比我先走一步？

我打開信封，想知道他留了什麼情話給我，卻有一行墨筆字——

「夠妳後半生無虞，省點花。」

我抱著他簡潔得小氣的遺書，在空蕩的大房子裡放聲大哭。

□

我回到家，小七已經備好飯菜，氣呼呼地等著我，不過一看到媽媽，基於擔心而衍生出的火氣，也跟著消下大半。

「大姊，妳怎麼沒把大哥的照片收好就跑出去？出了什麼事？」

好在他就算天下無敵，也不至於全知全能，可以從我裝死的笑容裡探查出眞相。

「媽媽遇見長腿叔叔……」腦袋一片空白，我掰不出來。

小七皺眉望著我好一會兒，起身拉我過去用餐。他的手溫暖無比，我卻不敢握太久。

「大姊，我沒有真的很生氣，妳出去玩，只要注意安全，就沒關係。」

我連著點頭應承，把飯盛到最滿，要養好自己的毛皮。

「對了，說到叔叔，我們過年去看志偉叔叔吧？他常常到公墓探望蘇老師，我都會遇到。他每次問起大姊，我雖然不明瞭男女之情，也看得出來他很想念妳。」

我咬緊牙關，試圖擠出溫柔又帶點遺憾的笑容，不過一時之間，光是忍著別哭出來，就已經勉強得快死掉了。

「大姊？」

「那兔兔今天有遇到什麼有趣的事嗎？」我趕緊挾菜給他虛晃一招，又低頭猛扒飯。

小七扳起手指：「今天有點奇怪，路上都沒有鬼。工頭伯伯也說日頭特別亮，但他巡廠區回來又說是陰天。」

「我們兔子對自然環境很敏感，小七兔兔感覺不出來嗎？」

小七搖搖頭。我看著他再度洗白的軟頭毛，沒來由地想起日月星辰也是不見自身的光輝。

「大姊，我說完了，妳想好要說什麼了嗎？」

我已經老了，但他卻在我的教養下不斷升級，雖呆不笨，在他清澈雙眼的注視下，很難晃點過去。

「媽媽想借你的肚子躺躺，只是在人生的道路上感到疲累，保證不會毛手毛腳。」

「雖然老叫妳規矩點，但妳這麼客氣我也不習慣。」他伸手理了理我的髮鬢，帶了絲憐惜的意味。

「意思是可以亂摸？」我小心翼翼地確認。

「當然不行！」

飯後，我枕在小七靜坐的膝上，而他則有一下沒一下地拍著我的背，就像我過去哄著他那樣。

「不知道從什麼時候開始，總覺得妳的肩膀好瘦，怕妳擔著整個家會被壓垮。以前以爲妳好厲害，什麼事都能笑著帶過，比我這個修道者還看得開。今夕哥比我了解妳，知道妳只會打腫臉充胖子，所以才會想把妳帶走。他也只是想……保護好妳罷了。」

我嗚嗚低泣，眞想叫阿夕上來看看這是什麼弟弟。

小七變聲後，除了偶爾被我激怒，嗓子總是淡淡的，但我不覺得他的情感也跟著淡淡的，因爲他仍然會陪我看著連續劇掉淚、存夠錢就開心地帶媽媽上館子、聽著我的愛兔宣言三連發而漲紅臉，但就是和我這種凡人的故作雲淡風輕不同。他的意念不再累於世情，能平靜地訴說阿夕的事，從頭回憶那些美好。

「大姊，我長大了，所以妳可以倚賴我，我也能保護好妳。」

他長成一顆溫柔又強大的心，值得我驕傲一輩子，雖有所缺，但無所憾。

我閉著眼，聽他哼歌，曲終他會咕唧一聲，我忍不住咯咯笑著。

我要睡了，眼皮闔上卻感覺到盛大的亮光，張開眼竟是滿室金燦光輝，老牆壁和舊家具都被漂上一層白。

「小七？」我下意識地喚了聲，幾乎要掩飾不住內心的惶恐。那孩子低身環著我，不敢用力。

「天上……要我回去……」太亮了，我睜不開眼，只聽見他拊在耳旁的話音。

剎那，就像我心口被剜出血肉，絕望滅頂。沒有小七，我該怎麼活下去？

他平放下我，再起身已是金冠白衣，卻還是以凡人身分向天上懇求。

「對不起，再晚一點，請給我多一點時間，我不能這麼離開她啊！」

我清醒了些，能夠別只想著自己，轉而好好想著我的寶貝。他是我家人最美好的想望，寧可身墮煉獄也要保他周全。那我呢？我這個母親不該比他們還要愛他嗎？

小七和那邊商量不過，回來抓著我的手，叫我不要怕，不會有事的。

他的手好溫暖，那麼好的孩子，被我霸佔著也太可惜了。

「沒關係，媽媽一個人也沒有問題的！」我比出勝利手勢，就像他每一次出行時那樣，燦爛地跟他道別，「小七，你要好好當隻月亮兔子喔！」

我希望上天果決點，快把白兔子綁走，我無法保證能瀟灑太久。

小七瞪大眼看我，我笑得很樂，好像他成神也是我這一生最大的願望。

沒想到大兔子沒被我說服，反倒暴怒大吼：「幹恁祖媽，妳這麼沒用，一個人怎麼可能沒有問題！」

「不肖子，你知道我阿奶是誰嗎？不可以罵髒話！」我再也克制不住，慌亂地落淚。

小七露出某種下定決心的神色，毅然抽出白刀平放在地，跪在刀前，向西邊重重叩首。

「師父，請恕徒弟不肖！」

我還沒反應過來，他便握住綻出金芒的刀柄，奮然刺穿我的心口。不會痛，只像被扎下麻醉針，頭重腳輕地使不出力。

「一輩子，再給妳一輩子……」他輕聲呢喃，我驚覺到他的目的，只想把犯傻的他狠狠推開。

扭轉時空，我記得是天地不容的大罪，他不可以逆天而行，就為了這點依戀。

「小七，放手！」應該還來得及，絕不能讓他受到傷害！

七仙鬆開白刀，我以爲他會聽話，但他卻傾身抱緊了我，深深埋進我懷裡。

「媽媽，妳要記得來接我喔……」

我來不及拭去他的淚，就被捲入巨大的漩渦中，意識跟著淪陷，只是胡亂伸手想抓牢我最深愛的孩子，卻撲了空，眼睜睜地看著他消失無蹤。

□

地府即使遠在異界，也感覺到人世巨大的波動。

這般天地大事，閻王趕緊進宮面聖，卻見到生前樣貌的鬼王，還有收拾整潔的案桌。他忍著詢問的衝動，靜待主君吩咐。

「閻羅，這些年獨力治國，有什麼想法？」

閻王拱手而立：「臣實不如陛下。」

「你運氣比我好，能有這種全心全意的下屬，你位子想坐牢點，就善待他吧！」鬼王放下更改的判決書，還順便解了鬼判的奴籍。

「陛下就這麼饒過陸判？就爲了那女人？」閻王快要壓抑不住激動的口氣，竟然因私情而開了鬼界君王悔過的先例。

「她的存在，絕非錯誤。」唯有這點，就算恨她絕情寡信也無法抹煞，「閻羅，在那之前，國家就交給你了。」

鬼王從咽喉抓出號召陰鬼的鬼璽，放在案桌化作金石質地的公印。

「陛下，爲了一個女人，値得嗎？」

祂失去聲音，不再回答，只是往時空扭曲激發出的光源走去。穿著小熊外套的孩子急急跟上，讓祂低身牽起手。

孩子不害怕，乖巧地跟隨鬼王所化身的男子，他爸爸終於要回頭去找媽媽了。

□

哦咿哦咿，我聽見救護車的鳴笛，感覺很近，然後我被抬著下車，推進通白的建築物，來往的工作人員也都是白衣。

往下一看，肚子都是血。燈泡亮起，我想起來了，被車撞的就是我！

二十六歲，正是危害社會男子的年紀，這麼年輕就死掉，可見老天爺也覺得我眞是個大美人。

我笑嘻嘻地去摸白袍大夫的手，仗著醫生不敢打病人，最後騷擾一把。

「醫生帥哥好，能不能留電話給我，日後有空再聯絡？」

白袍大夫不理我，只說既然我還能調戲人，可見死不了。

一個人生活太久，再痛也能笑出來，我不感到悲傷，只想開心地活下去。

□

再醒來，本該孤身一人，卻看見床邊坐著一枚絕世美男子，他懷中有個一歲大的小娃娃，眼珠子黑溜溜地望著我，可愛得要命。

我搖搖頭，閉眼再睜，人生夢寐以求的兩樣東西還是沒有消失，這若不是老天爺賞賜的禮物，就是仙人跳。

「這位年輕爸爸，你好啊，我是林之萍，你叫什麼？」

他露出笑，溫柔光線頓時籠罩四周。不知道麻藥過了沒，怎麼覺得腦子暈呼呼的？

他拉過我的手，用手指在掌心寫著「今夕」兩字，我覺得熟悉卻也陌生得很。

好可惜，他是啞巴，好像還有輕微的智力障礙，和我老爸一樣，需要有好女人來賺錢養他。

或許是雛鳥情結，他們父子倆被某個壞女人拋下後恰巧遇上我，阿夕就一直待在我身邊，在我躺床的時候給我倒水餵飯，有時還幫忙搓澡，當然是純理容按摩。我不只感到很爽，偶爾也會害羞兩下。

總覺得讓他照顧是理所當然的事，我把這份錯覺歸因於美色誤人。

有大帥哥和小寶貝聽我說笑，我好得特別快，醫生護士都說我吉人天相。

我出院，阿夕和小熊也跟我一起回家。小套房一口氣擠著三個人，變成小小套房，房東來了，還得把美男和寶寶塞到衣櫃裡，再準備小禮物請鄰居閉上嘴。

等工作攢夠錢，我帶阿夕一起去物色可以養孩子的新房，最後看中一間備有大廚房的中古公寓。

別人是了解之後才同居，我們是共同生活後才去研究彼此，不過他似乎對我很熟悉，好像是認識十多年的故友，噴嚏還沒打就先遞衛生紙給我。而我卻像失憶的舊情人，把他的資料忘得一乾二淨。

「今夕，你今年多大？」

他笑笑比出「三十」，以他毛孔的細緻度，我完全不相信，後來雙方討價還價，才降到二十五，但仍有謊報的嫌疑。

朝夕相處，我很難不去注意阿夕的奇異之處。像他晚上不喜歡出門、散步的時候會沒來由地繞過空氣、不看鬼片、風鈴會對他響不停。

曾有擦身而過的路人回頭對他驚呼：「聖上，您怎麼下來……抱歉，認錯人了。」

我就瞎編今夕應該是某國的落難君王，小熊則是可愛的王儲。

最有趣的是，我有時喚他，他會張開嘴回應，那口形就像「媽」。我忍不住去鬧他，纏著他問是不是人家生得像他母親，才會跟人家同居，把愛裝溫柔的他氣得重重咬下「之萍」兩字。

他總是戴著眼鏡，能笑著就笑著，努力關心周遭的人事物，沒事就抱著小熊發呆，我實在很懷疑他暗地裡調查過我的理想情人類型。

阿夕還自願去打工，是推銷乳品的工作，雇主看上他那張臉和引人同情的殘疾，同意他可以帶著孩子上班。

我不太願意他拋頭露面，總覺得不適合。有次我下班回來，撞見他正挨家挨戶推銷，看他對人低下身段的樣子，心頭莫名一陣酸澀。

有天，我隨口問起失聲的他：「夕夕，你怎麼不唱歌了？」他怔了下，回以苦笑，我才思索起失憶的可能性，該不會我就是那個拋家棄子的壞女人吧？

說到桃花孽緣，我公司新來了個小職員，長得活脫是個混血兒男模，我卻叫他小王胖子。第一次見面就深仇大恨般地瞪著我，我以爲上輩子咬死過他家阿花。沒想到他竟然放話要追我，攻勢猛烈，不放過任何翦除敵手的機會，好像我是他上輩子的老婆。

他最常對我說的一句，而且是一天照三餐罵的，就是：林之萍，妳這個渾帳！

看來，我不只是他上輩子的老婆，還是個沒良心逃婚的妻子。

我和胖子資歷最菜，被派去應酬，一知道酒是人家請的，就不小心喝太多，結果讓小王胖子揹著醉死的我回家。胖子開門時，阿夕正在給我們的小公寓貼防漏壁紙，戴著一頭賢慧的花頭巾。

等我清醒，他們已經在地板上扭打得天昏地暗、日月無光，小熊寶貝在旁邊嗚嗚哭著，都沒人哄他。

「你這個小白臉！她本來就是我的女人，還不是你從中作梗！你瞇什麼眼，別拿阿晶威脅我，我答應做十殿抵他的魂，可沒說要把她讓給你！」

阿夕只是鄙夷地打量小王美人那身骨感的皮相，把胖胖氣得兩頰發紅。

我忍不住疑惑，怎麼喝醉酒露出眞面目的，變成他們兩個而不是我？

他們發現我的視線，不約而同地收起手裝紳士，各自理好衣領。

「不用理我，我是兔子！」我把兩隻手臂貼在耳畔，佯裝成兔子長耳，瘋瘋癲癲地哼著小曲：「一隻兔子、兩隻兔子，兔兔母子在一起！我是老母、你是小七……」

我酒瘋發一發，不知道爲什麼，看向空著的右手，無預警地大哭起來，哭得聲嘶力竭，好像弄丟了什麼寶貝。

阿夕把我搬到臥房，還招來小熊安撫我。我抱著小孩哭昏之前，隱約聽見他們在客廳裡培養私人情誼。

小王低低地說：「沒有消息，他逆天換了這個時空給她，背棄神子的職責，上蒼不會輕易放過他。」

□

我的習慣性夜遊又復發，大街小巷亂走，不知道自己在找尋什麼。

幾個月下來，一無斬獲，倒是把半夜尋人的阿夕累得夠嗆，也害跟出來的小熊睡眠不足。

但我沒辦法停止，明明家裡有大帥哥和小寶貝，互相愛得半死，我心中的缺口卻填補不滿，好像三魂七魄有一半流浪在外。

阿夕雖然不喜歡我夜間冒險，卻沒阻止我，應該也明白阻止不了。

一夜，風很涼，我哼著歌，小跳步地沿著碎石小路亂走，沒想到盡頭是片墳場。

墓地陰森可怖，暗影浮動，鬼影幢幢，我卻大步走向黑暗中的那一抹白。

那是個七歲左右的男孩子，白色的髮散在夜風中，像是蛛絲偶線，牽引我伸手去碰。

他轉過身，朝我氣呼呼地瞪大一雙異色眼眸，黑夜都跟著明亮起來。

「妳也太慢了吧！」

《陰陽路‧全文完》

補遺

「聖上，你的小兔子太子沒了，天上凋落的桃花林該怎麼辦才好？」

眾神之神睜開被血紅染滿的雙眸，被病魔侵蝕到心志的祂，不知還能保有理智到幾時。

「再怎麼不濟，也不會落到你手上。」

陸家道士微微一笑。

後記

要感謝的人太多了，就用後記謝謝一路支持我的小讀者吧！沒有您們的話，我就只是個成天妄想的神經病。

《陰陽路》出版讓我重拾寫作的信心，度過家中的劇變，讓我感受到什麼是爲自己而活。能完成這個故事，我很幸福，謝謝。

白仙在兩人分別的那刻，爲母親重啓一個時空，定在林之萍一生最欲改變的時間點，而林民婦生平最後悔的事就是沒有早點把小七抱回家。「這輩子」她終於能全心養育她心愛的小兔子。

百年之後，小七繼任鬼王。累了就到地獄最底層，趴在泥濘中入睡。

「師兄，晚安。」晚安，寶貝。

或許在白派弟子決定化作陰間的塵土的時候也間接決定了小七的命途，結果雖然有些扭曲，但彼此也算永遠相守。

陪伴他的當然還有成天「哦呵呵」笑著、美麗又邪惡的太后娘娘，讓死水般的冥世開始轉動。

天界的部分和愛江山更愛美人造成無帝王狀態的陰間又是另外的篇章，我會努力填坑的。

今後也請小讀者多多指教囉！

林綠　敬上

國家圖書館出版品預行編目資料

陰陽路 / 林綠 著.——初版.——台北市： 蓋亞文化，2013.04 面；公分.（悅讀館；RE268） ISBN 978-986-319-042-4（卷八；平裝） 857.7　　　　100013682

悅讀館 RE268

陰陽路 08 完

作者 / 林綠
插畫 / AKRU
封面設計 / 克里斯
出版社 / 蓋亞文化有限公司
地址◎ 台北市103赤峰街41巷7號1樓
電話◎（02）25585438　傳眞◎（02）25585439
臉書◎www.facebook.com/Gaeabooks
部落格◎ gaeabooks.pixnet.net/blog
電子信箱◎ gaea@gaeabooks.com.tw
投稿信箱◎ editor@gaeabooks.com.tw
郵撥帳號◎ 19769541　戶名：蓋亞文化有限公司
法律顧問 / 十方法律事務所
總經銷 / 聯合發行股份有限公司
地址◎ 新北市新店區寶橋路二三五巷六弄六號二樓
電話◎（02）29178022　傳眞◎（02）29156275
港澳地區 / 一代匯集
地址◎ 九龍旺角塘尾道64號龍駒企業大廈10樓B&D室
電話◎（852）2783-8102　傳眞◎（852）2396-0050
初版一刷 / 2013年04月
定價 / 新台幣 220 元
Printed in Taiwan

GAEA
ISBN / 978-986-319-042-4

RE268
GAEA

陰陽路 08

陰陽なる途

蓋亞文化　讀者迴響

感謝您在茫茫書海中選擇了蓋亞，您的支持是我們最大的動力。
不要缺席喔，讓我們一起乘著夢想的羽翼，穿越時空遨遊天地！

姓名：　性別：□男　□女出生日期：　年　月　日
聯絡電話：　手機：
學歷：□小學　□國中　□高中　□大學　□研究所　職業：
E-mail：（請正確填寫）
通訊地址：□□□
本書購自：縣市　書店
何處得知本書消息：□逛書店□親友推薦□DM廣告□網路□雜誌報導
是否購買過蓋亞其他書籍：□是，書名：　□否，首次購買
購買本書的動機是：□封面很吸引人□書名取得很讚□喜歡作者□價格便宜□其他
是否參加過蓋亞所舉辦的活動： □有，參加過場　□無，因為
喜歡出版社製作什麼樣的贈品： □書卡□文具用品□衣服□作者簽名□海報□無所謂□其他：
您對本書的意見： ◎內容／□滿意□尚可□待改進　◎編輯／□滿意□尚可□待改進 ◎封面設計／□滿意□尚可□待改進　◎定價／□滿意□尚可□待改進
推薦好友，讓他們一起分享出版訊息，享有購書優惠 1.姓名：e-mail： 2.姓名：e-mail：
其他建議：

廣告回信 郵資免付
台北郵局登記證
台北廣字第675號

蓋亞文化有限公司　收

103 台北市赤峰街41巷7號1樓

Gaea

Gaea